魔豆

異眼房東の日常生活 06 京城古宅［完］

香草——著

異眼房東の日常生活

【人物介紹】

劉天華

愛好研究風水命理的大學生。
與家裡鬧翻，當起神棍賺取生活費，時常在赤字邊緣求生存……
安然的損友兼鄰居。

安然

外表清秀，性格老實，
看起來很好欺負的模樣。
擅長家務與烹飪，
職業是會計。

林俊

容貌帥氣，衣著時髦，
性格開朗卻有少爺脾氣。
傲嬌屬性的大學生一枚。
與安然同住中。

林鋒

體格壯碩，眼神銳利，
左臂有大型刺青，武藝高強。
專門處理林家見不得光的事!?
目前與安然同住中。

白樺

深藏不露特案組組長，
聰明且身手不凡。
長相精緻，有著獨特魅力。
傳說中林鋒高手的勁敵!?

王欣宜

不知世途險惡的千金小姐，
性格單純如白紙。
因為受著萬千寵愛而變得驕恣。
與林俊有著糾葛的關係……

異眼房東の日常生活 06 [完]

目錄

楔子

春節臨近，北京幾天前下了一場大雪，直至今天降雪量才終於變得少些。不少家庭忙著清理庭園與大門積雪，希望親友到訪拜年時，能夠給人家裡乾淨俐落的印象。

北京是座古老城市，留有不少四通八達、歷史悠久的老胡同。這些老胡同在現代有著不同用途，有些變成了旅遊景點，有些則成爲高級住宅區。還有些位於舊城區、較偏僻陰暗角落的老胡同，當中賓館林立，成了龍蛇混雜的黑暗地帶。行人路過此區域時都會特別注意身上財物，甚至在天黑以後寧可繞道而行。

相較於外頭濃厚的節日氣氛，暫住在賓館的房客本就對現居住處沒有多大歸屬感，因此別說點燃鞭炮熱鬧一番了，就連春聯也沒有貼上。

一名老人在老胡同裡緩步前進，他衣著單薄，在這寒冷的天氣裡顯得格格不入。然而他的衣服質料一看便知道不是便宜貨，不像買不起衣服的人。

老人的頭髮、眉毛與鬍鬚都已變得銀白，看起來應該有一把年紀。然而他臉上卻連一道皺紋也沒有，令人難以判斷實際年齡。

老人在一處陰暗的角落停了下來，老胡同兩旁林立著各式各樣的賓館，大片陰影遮掩住他的臉，然而他的一雙眼睛卻彷彿會發亮般炯炯有神，完全沒有一般老人顯現的混濁。

一個膚色黝黑、身材高大的男子站在陰暗處等待著。從他臉上冷得泛紅的皮膚看來，能看出他已在雪中守候一段時間。男子臉上有著一條明顯刀疤，加上一臉殺氣，看起來是個不好惹的狠角色。

明明一個是高大威猛的中年人，一個是滿頭白髮的老者，可是不知爲何，當這兩人站在一起時，男子的氣勢卻硬生生被老者壓了下去。

「洪爺。」男子一開口，便是濃濃的東北口音。被稱作洪爺的老人聞言，只冷淡地點了點頭，一副不置可否的模樣。

男子見狀，眼中閃過一絲不忿，但似乎頗爲顧忌這位洪爺，完全不敢表露內心的不滿，臉上甚至還露出恭敬討好的笑容：「手下已經探查過，林晟一家已來到北京，現在林家的人全都齊聚在林府了。」

說罷，男子從大衣中取出一只信封遞給洪爺，接著老人便將放在信封內的照片拿了出來。這些照片顯然是偷拍的，不過角度抓得很好，把容貌都清楚地拍了下來。沒錯，那正是林晟一家。

然而，洪爺翻看照片的手倏地一頓，問：「他是誰？」

男子看了看老人手中的照片，只見照片上是一名衣著時尚的青年，青年身旁則是一位長相甜美的少女。兩人似乎有所爭執，少女正氣鼓鼓地用食指戳著青年的手臂。

以洪爺謹慎的性格，照理對於林家這個自己敵人的相關資訊應該很了解，不會問這種問題才對。男子雖然感到有些奇怪，但還是恭敬地回答：「那是林晟的三子林俊，旁邊是王家的千金王欣宜。」

洪爺皺起了眉，顯然對男子的回答很不滿意：「不，我在問這個人。」

說罷，他指了指照片一角。在王欣宜的另一側露出一個青年的側臉。這青年似乎正在勸架，露出安撫的微笑，笑著輕拉少女的手臂。

相較於林俊與王欣宜這對俊男美女，青年的容貌平凡得多。只是看他凝望王欣宜的眼神充滿著溫柔與包容，便讓人直覺此人有副好脾氣，讓人想去親近。

因爲照片焦點在林俊與王欣宜身上，因此這名青年的面貌有些模糊，加上只露出側臉，大半身子沒有進入鏡頭內，因此男子便忽略了。

他聞言愣了愣，說道：「這小子叫安然，不是林家的人，只是林家兄弟的房東。因爲父母雙亡、家裡沒有什麼人，因此今年才獲林家兄弟邀請，一起來北京的老宅過節。」

洪爺再次翻看照片，發現安然入鏡的照片不是因失焦而面目模糊，便是沒拍到正面。「我要這人的照片，以及他的詳細資料。」

對於洪爺的要求，男子只感到莫名其妙。這也不能怪他辦事不盡心，畢竟跟蹤的目標都是以林家人爲主，誰會在意這個普通的房東呢？

何況林家人的警戒心都非常重，這些照片還是男子折損了好幾名手下才拍下的。

不過，最讓人驚恐的，還是那些被林家捉住的手下，皆不約而同地突然七竅流血而亡，死狀淒慘。男子知道這並非林家下的手，而是眼前這個看似和善的老人所爲！

這也是爲什麼這個手中握有一整個幫會勢力的男子，會對眼前老人如此恭敬的原因。

在黑道中，只要曾與洪爺打過交道，誰不知道他鬼神莫測的手段？別看現在他在廣州的勢力已被連根拔起，像隻過街老鼠般只得躲藏起來，但誰能保證憑老人那奇特的本事，以及心狠手辣的手段，沒有東山再起的一天？

而他陳威，雖然在這一區小有名氣，但這名聲在洪爺面前卻完全不夠看啊！反正現在只是幫忙監視林家而已，又不是眞的要對林家出手。正所謂錦上添花易，雪中送炭難，倒不如現在賣洪爺一個人情。

陳威看起來雖像個大剌剌、沒什麼見識的鄉下漢子，但其實心思縝密，否則怎能領導一個幫派？

想到幫助洪爺所能帶來的潛在利益，陳威心裡雖對老人的態度不以爲然，但仍拍著胸脯應允下來：「這次是俺大意了！洪爺放心，這小子的資料很快便會交到您手上！」

隨即陳威更殷勤說道：「其實這裡的環境不算好，您爲什麼就是不願意接受我的邀請，到我們的地盤來住呢？我保證沒有人會來打擾您的清靜。」

洪爺勾起嘴角，雖然他年紀已不輕，但這個動作卻仍瀟灑無比，可以想像得到年輕時也是名英俊的美男子：「不，我就是喜歡這裡人多。不然哪有這麼多閒雜人等闖入我家呢？我家的孩子不就要餓肚子了嗎？」

說罷，洪爺看了陳威一眼，續道：「說起來，我還眞的有事需要你幫忙。」

因老人的話感到莫名其妙的陳威，聞言壓下心中疑惑，拍著胸口表態：「洪爺是我的老前輩了，有事情別客氣，儘管說！」

洪爺道：「也不是什麼大事。這段時間總有一些狗偷鼠竊闖入我家……」

陳威聞言，立即氣憤填膺地道：「竟然這麼大膽！眞是造反了！俺立即就派人去把那些小偷抓起來！」

洪爺淡言道：「人已經被我家的小傢伙抓起來了，我只是想要你幫忙善後，畢竟把他們留在我這裡也不是辦法。」

陳威問：「小傢伙？洪爺你在這裡養了看門犬嗎？」

「算是吧……是很優秀的看門犬。」洪爺不置可否地說道。

陳威聞言後豪邁地應允下來，隨即便在洪爺外出時，拿著對方家裡的鑰匙，前往老人現在暫住的屋子幫忙收拾殘局。

陳威很清楚洪爺看似慈祥和藹，其實是個狠角色。那些賊人落到他手上，哪還有留命的機會？陳威早已預想到這次前去，其實是幫那些不知死活的小偷收屍的。

即使有心理準備，當看到屋內慘況時，饒是曾拿下數條人命的陳威，也感到一陣反胃，隨行的幾名手下更是忍不住大吐特吐起來。

陳威他們才剛打開門，便已嗅到一陣濃烈的血腥味。循著洪爺交代的位置來到關押小偷的房間，開門一看，只見數具殘缺不全的屍體被人隨意棄置在地。

這些屍體全身被啃出無數血洞，有些傷口深可見骨。地面鮮血形成一灘灘血窪，牆壁也濺染上大量血跡。

屍體臉上神情夾雜著猙獰、絕望、痛苦等負面情緒，一眼便可知死不瞑目。人死後血液會凝固，而看房間內可觀的血量，以及僵凝在屍體臉上的恐怖神情，這些人死前顯然受了不少折磨，甚至被那些不知名的東西啃咬時，很有可能還是活著的狀態……

陳威心裡生起些許憐憫，同時更加深了對洪爺的懼意。他暗暗有種感覺，洪爺是故意的。老人正透過這些屍體對自己下馬威，提醒別背叛他。

陳威不禁對自己與虎謀皮的處境感到強烈不安，但他自己已騎虎難下，只得硬著頭皮繼續合作。

壓下噁心的感覺後，陳威掃視臉色發白的一眾手下，罵道：「又不是第一次見到死人，矯情什麼!?洪爺晚上就會回來，快點把這裡清理乾淨！」

陳威帶來的這些手下都是見過血的，經過最初的震驚後，便沉默不語地開始打掃起這間充斥死亡氣息的房間；而他們顯然也不是第一次處理屍體了，行動井然有序，很有效率。

然而處理過程中，他們終於仔細看清楚屍體身上的傷口時，卻還是忍不住心裡發怵：「威哥……」

陳威語氣不爽地問：「又怎麼了？」

「你看這些傷口……」

見手下吞吞吐吐的模樣，並未幫忙清理的陳威不禁感到奇怪，探頭往屍體身上傷口看去。結果發現這些傷口上的咬痕並不是動物所造成，而是人類咬出來的齒痕！

看那齒痕的形狀大小……竟然是小孩子的嘴型!?

可是這麼小的嬰孩，能擁有如此鋒利的牙齒嗎？

即使是見慣大場面的陳威，都覺得心裡發毛，更別說他的手下了。

「快處理好屍體，今天的事就當什麼都沒看到，知道嗎？」

聽到陳威的吩咐，本已被眼前景象嚇破膽的一眾手下，立即點頭如搗蒜地應允下來。

異眼房東の日常生活

第一章・林陽

王欣宜在聖誕節於學校遇險一事，最終還是傳進了她父母耳中。得知自家心肝寶貝遇上危險，王欣宜的父母當場嚇個半死，偏偏他們在美國洽談的工作事項正到了要緊關頭，實在走不開。結果他們無法回港，便派人把掛念著的愛女接了過去。

於是，人生闖過二十個年頭後，終於交上女朋友的安然，便被才新鮮出爐數天的女友拋下，度過了一個冰冷寂寞的聖誕假期……

直至春節來臨的前一天，前往北京林家老宅的安然，才終於再見到王欣宜。而且先一步抵達北京的王大小姐，特地紆尊降貴地前往機場接機，這讓安然期待不已，總是忍不住頻頻查看手錶確認時間，被林俊多次笑罵他「沒出息」。

對於林俊的冷嘲熱諷，安然難得沒有反駁，心情很好地不予理會。尤其看到王欣宜後，他更是連眼角都沒施捨給林俊，充分把「重色輕友」四字發揮得淋漓盡致。

然而甜蜜和諧的氣氛並沒有維持多久，安然只是趁著等待行李的空檔去一趟洗手間，怎料出來後，便見先前還一副小鳥依人模樣的王欣宜，正氣鼓鼓地用食指戳著林俊手臂。

幸好這孩子沒留長指甲，不然以這力道，安然眞怕她把林家老三的手臂戳出一個血洞。

新年見血多不吉利啊！

「怎麼了？」安然偷偷溜到林勇身旁，小聲詢問：「怎麼我只是離開一會兒，欣宜便炸毛了？」

「他們任何事都能吵上一頓，還需要理由嗎？」林勇氣定神閒地示意司機拿走行李，並舉步走向來迎接他們的豪華汽車：「你回來得正好，現在是你收拾殘局的時候了。」

有時候，林勇實在不明白為什麼三兄弟受著同樣的教育長大，從小他與二弟林鋒即使在外面惹了禍，也都是自己擺平，並且讓人抓不住任何把柄，從來無須家裡人操心。

偏偏身爲他們三弟的林俊，卻總是那麼不讓人放心。

但不得不說，正因爲林俊老是鬧騰，這才總是獲得家裡成員的關注。不知不覺間，身爲老大的林勇便習慣了多費些心力來照顧他，爲他擦屁股都成了家常便飯。

但這並不代表林勇喜歡當這個爲小弟收拾殘局的角色。

現在有了安然這個既是王欣宜戀人、又是林俊兄弟的人，林勇自然樂得逍遙。

林勇雙目精光一閃，這副神情簡直像頭算計著什麼的狐狸。

安然聞言嘆了口氣，認命地走向這對吵鬧的表兄妹。每到這種時候，他特別覺得自己就像個保母：「你們別吵了，到底怎麼啦？」

然而這兩人都把安然當成了透明人，仍不住吵鬧著。

王欣宜說道：「眞不知道我以前爲什麼會看上你這種人！」

林俊秒回：「那是因爲妳以前年輕，視力還算正常。現在人老眼花看不清楚，所以撿了芝麻丟了西瓜！」

一旁的安然頓覺膝蓋中了一箭。

王欣宜冷哼了聲：「正所謂吃不到的葡萄是酸的，我才不與單身狗計較！」

林俊怒了，一副被人踩到痛處的神情：「妳等著瞧！我將來的女友，一定長得比蒼井步美夢更美！」

王欣宜愣了愣，問：「蒼井步美夢？誰？」

然而先前氣勢很足的林俊，此時目光卻開始游移了。

王欣宜的脾氣一向來得快也去得快，瞬間忘記先前還在與林俊吵架，連連追問對方到底誰是蒼井步美夢，但此刻林俊就像緊閉的蚌殼，任少女怎樣詢問，就是堅決不開口。

安然：「……」

突然覺得，剛剛自己勸架的舉動好多餘……

安然趁王欣宜不注意之際，偷偷問林俊：「蒼井步美夢到底是誰？」

「是我夢想中的女神啦！蒼井空、篠田步美與綾波夢的混合體！」林俊嘿嘿一笑。然而不知是否被這回答影響，安然只覺林俊原本帥氣萬分的笑容，現在看起來實在……略顯猥瑣……

此時一直不見眾人跟上的林鋒，上前詢問：「你們還在這裡折騰什麼？」

「我們來了！」林俊見狀，立即加快腳步朝林鋒走去，再次擺脫死命追問的王欣宜。

安然深吸了口氣，心裡暗暗為自己打氣。

林家，我來了！

□

經過機場的小風波後，安然原本因初次造訪林家老宅而緊張的心情略微緩和。然而，當乘坐的豪華房車抵達林家大門時，他卻不禁再度緊張起來。

與安然猜測的西式豪宅不同，林家在北京的老家是一座古色古香的四合院！

作為國家的首都，北京可謂寸土寸金，加上早年城市規劃的關係，不少古老建築都遭到拆除的命運。林家竟然能夠在北京保留一座佔地如此廣闊的四合院，而且此區還是有名的富豪小區，居住的都是達官貴人。單是這一點，便已能看出林家的不簡單。

眾人才剛踏進大門，便見一團白色毛球踏著雪從前院撲出，正是比他們早一步到達北京的妙妙！

妙妙這隻小狗很有靈性，在香港時，不知怎麼地察覺到他們要遠行，便開始與林俊鬧情緒，安然覺得妙妙根本聰明得像人類小孩子。

偏偏林俊這個大少爺就是吃妙妙這一套，見小公主不高興，反覺得是牠很重視自己的表現而沾沾自喜。何況林俊曾因爲離家出走，把妙妙寄放到朋友家，讓這隻記仇的小狗對他冷淡至今。這次再留下牠，說不定回到香港後，妙妙都把他當陌生人了。

因此林俊決定帶妙妙到北京一起過年。爲了讓小狗習慣北京的天氣，特意在還未下雪時便安排妙妙先行抵達。

香港天氣比較潮濕，因此妙妙在香港時一直是短毛的狀態，直至最近天氣冷了，林俊才任由牠的毛髮自然增長。現在的妙妙看起來毛茸茸的，像團毛球，在雪地上簡直擁有天然的保護色。

林俊聽到妙妙的吠叫聲後，便東張西望地尋找他心愛的小公主，卻直至妙妙來到腳邊時才發現牠的存在，猛地被驚了一下。

驚嚇過後，他受寵若驚地抱起難得對自己熱情的小狗，邊「寶貝、小公主、閨女」地一番亂喊。

平時見到林俊這副傻爸爸的模樣，安然必定忍不住發笑，只是他現在卻笑不出來，懷著緊張的心情，進入了這座宏偉的四合院。不知道是否為了搭配屋子的古雅，四合院裡的裝飾與家具也是中式古風。看著擺設在屋裡的字畫與花瓶，安然毫不懷疑這些東西十之八九都是貨眞價實的古董！

家飾雖然充滿古味，但屋內仍有不少現代化設備，而這些電器顯然經過精心設計，即使在古色古香的屋裡，一點都不會令人覺得突兀。

香港長年不下雪，因此安然不太適應北京寒冷的天氣。進入開了暖氣的室內後，青年不禁吁了口氣，有種活過來的感覺。

當安然脫下大衣交給傭人時，便見一名老人緩步而至。

安然只看了老人一眼，幾乎立即確定此人正是在林晟他們口中，那位性子固執、與安然母親林昕鬧得不歡而散的林家老爺子——林陽。

林陽穿著與這座四合院十分相襯的唐裝，散發一股不怒而威的氣勢。老人今年應該已六十九歲，然而看起來卻是精神矍鑠。雖然頭髮花白，臉上滿是皺紋，卻完全不顯老態。

當林陽猶如利劍般的眼神投向安然時，安然不禁下意識挺直身子，一副等待長官發言的模樣。

老人上下打量青年一番後，淡然說道：「回來就好。先去吃飯吧。」

就這樣？

爲難呢？責問呢!?

事情太順利了，反而感覺好不眞實……

見到安然糾結的神情，王欣宜突然覺得這個總像鄰家大哥哥般包容自己的新出爐戀人，其實也有著如孩子般呆呆的一面。偶爾這樣也還滿可愛啦！

王欣宜拉著安然的手臂，笑道：「好啦！別想那麼多，安小然你是林爺爺流落在外的外孫，一家子又怎會有隔夜仇呢？」

看到男朋友訝異的神情，少女又笑道：「有關你的事情，姨丈全都告訴我了。我既是你女友，也是林家的親戚，這麼重要的事情怎會瞞著我呢？」

一旁林俊聽到兩人的對話，不禁嗤地一聲笑出來：「安小然，你就沒有奇怪爲什麼你千里迢迢來北京林家過節，欣宜卻什麼都不問嗎？果然戀愛就是會讓人智商變低啊……」

安然還未做出反應，王欣宜便立即護崽子似地反駁：「你別欺負安小然！我知道你根本在嫉妒，但這樣也無法擺脫你是單身狗的事實！」

因爲有長輩在場，王欣宜與林俊不敢吵得太大聲。但即使兩人聲量再小，安然依然能感覺到他們之間劍拔弩張的氣氛。

看著這對八字不合的表兄妹，安然摸了摸下巴：「怎麼我覺得他們最近特別鬧騰？」

向來對林俊他們的爭吵抱持放任態度的林鋒，伸手指了指客廳的電視。

只見電視正播放著一齣宮鬥劇，皇后與寵妃正在皇帝面前互罵。安然之所以認得這齣電視劇，是因爲劉天華最近一直在追，總把它的劇情掛在嘴邊。

什麼意思？

林勇看到二弟的動作，忍不住笑了：「安然，阿鋒的意思是，你就是那兩個女人在爭奪的皇帝。不過我覺得，你這個導火線比較像兩個小鬼在互搶的玩具。」

安然：「……」

最後一句你可以不用補充沒關係！

此時已坐在飯桌前的林陽則皺起了眉頭：「這是什麼電視劇!?吵得我的頭都痛了，關上吧！安安靜靜吃頓飯。」

老爺子一發話，電視中皇后淒厲哭喊著的那句「皇上~你怎能這樣對我？我才是統領六宮的皇后啊！」倏地而止，竟有種杜鵑啼血的淒絕感……

電視被關上後，室內頓時安靜了下來。幸好林陽素來偏好軍人的粗豪爽直，對於很多大家族的繁文縟節嗤之以鼻，並沒有食不言、寢不語的習慣；再加上王欣宜不知是否想避免讓安然感到尷尬，很得林老爺子寵愛的她，清脆的嗓音妙語連珠，把林陽哄得笑逐顏開。

安然看著比平常更愛說話的王欣宜，不由得心頭一暖。往常總是他在照顧少女，可是在他需要幫助時，王欣宜總能義不容辭地挺身而出。

「安然。」

「是。」聽到林陽指名呼喚，安然這次卻是鎮定地與其對視。他已經想得很清楚，自己終究是要親自面對林陽的。王欣宜已經特意爲他活絡氣氛，如果他還畏首畏尾的，那就太不男人了。

林陽見安然挺背正坐地面對自己，並沒有被自己故意散發的氣勢嚇倒，暗自點了點頭，隨即說道：「你是小昕的兒子對吧？既然你也流著林家的血，我斷沒有讓你一人孤苦無依地在外闖蕩的道理。只是，公開接納你之前，你有些事情必須得做。」

聽著林陽的話，安然並沒有爲了急著認回林家這門富貴親戚，而立即毫不猶豫地應允，反倒不卑不亢地問道：「請問是？」

林陽盯著安然的雙目，一字一句說道：「你代表你的母親，爲她當年的任性向我道歉，承認鬼魂什麼的都是胡說八道！」

「父親！你……」林晟一臉著急地想要接話，卻被老人擺了擺手阻止。

「這是我與他之間的事，你們誰也不要插手。」

林陽不只是長輩，在林家一向很有話語權，再加上最近老人的身體不好，要是對他的決定有所意見，難免會刺激到他。因此林晟只得悶著不說話，靜觀其變。

想不到林陽竟提出這種無理要求，一點都看不出林晟先前所說的，對林昕與林昱心生歉意，反而一副心有嫌隙、至今仍無法釋懷而心生不忿的模樣。

一旁的林晟等人都急死了，他們既擔心安然為了維護母親而惡言反駁，氣倒本就身體不好的林陽，卻又不希望安然輕易妥協，為了迎合林陽而昧著良心說話。

最終，青年向老人低下頭：「我替母親向你道歉。無論如何，身為子女，母親一走了之的行為實在太任性、太傷父母的心了。」

不待林陽說些什麼，他續道：「只是，我不認為錯誤只在母親身上。溝通是雙向的，要是真的有錯，也應該是雙方共同承擔。另外，我相信母親的堅持，林昱舅舅他……我相信他是真的能看見鬼魂，因為我也像他一樣，能看見別人看不到的東西！」

說罷，安然眼神堅毅地直直凝望林陽，沒有絲毫閃躲。看著眼前極具威嚴的老人，也許下一秒他便會被掃出林家的大門，可是那又如何？

安然很重視親情，也想認回親人，但他不認為應該用這種方式來獲得認同。即使母親真的有錯，那也不該由安然來決定和道歉。更何況，在對待林昱一事上，安然並不認為自己的母親做錯什麼。

面對外孫這番可說是大逆不道的話，林陽的表情卻很冷靜。而安然怎樣看，都覺得這是暴風雨前的寧靜。

最後，老人只淡淡地說了聲：「嗯。」

嗯？

什麼意思？

就一個單字發音我聽不懂啊！

偏偏林陽說完後，便順理成章地結束了這個話題，逕自回房休息了……

林陽離去的身影並沒有一般老人的佝僂，然而安然看著這硬朗的背影，卻有種對方正在強撐著的感覺。

「哎……安然，我該怎麼說你呢？我本以爲你性子軟，與小昕不同，想不到骨子裡你們母子如此相似。」林晟嘆了口氣說道。

聽到林晟的話，安然抿起了嘴。他那番話或許眞的傷到林陽的心，並且把事情搞砸了吧？

不過他不後悔、也不認爲自己做錯了，只是覺得有點對不住努力想爲他與林陽牽線、一直期待他回林家的林晟。

林晟拍了拍安然的肩膀，續道：「不過我不得不說，你說得很公允，也做到我一直不敢做的事。」

安然剛剛的一番話，簡直說到林晟的心坎裡。其實林晟早就想好好罵林陽與林昕這對父女一頓，無奈林陽在林家積威已久，加上最近身體不好，身爲人子，林晟在談及妹妹的問題時只得退讓。

現在安然說出了他的心聲，而且內容中肯，並沒有偏袒任何一方，即使面對故意施壓的林陽也能不卑不亢，讓林晟在心裡暗暗喝采。

王欣宜走到安然身前，一雙眸子亮晶晶地凝望著他，讚賞道：「安小然，你剛剛眞帥！」

雖然剛到林家便得罪了林陽，安然難免感到沮喪，可是聽到王欣宜的話，他還是強打起精神，向少女露出一抹笑容。

而此時，林家的管家泉叔上前道：「安少爺，老爺讓你到書房找他。」

安然愣了數秒，才醒悟到對方口中的「安少爺」是在喊自己。聽到林陽召見，青年突然生出一種被判死刑的犯人，終於等到行刑時刻的感覺。

眾人也覺得此時林陽正在氣頭上，喚安然過去準沒好事，不禁投以同情的目光。還是小女友王欣宜最貼心，拍著胸口說道：「安小然你放心，要是林爺爺把你轟出林家，我便讓你到我家過年，絕不會讓你露宿街頭的！」

聽到少女的安慰，安然卻實在高興不起來。畢竟都這麼大的人了，還被長輩轟出家門，實在不是件愉快的事。

「那我先謝謝妳了……」青年抽了抽嘴角，不知該說什麼才好，只能道謝了。

泉叔將安然領至書房前，敲了敲門，通報了聲：「老爺，安少爺來了。」之後便做了個「請」的手勢，留下安然，乾脆俐落地轉身離開。

安然深吸一口氣後，舉步走進書房。然而他才剛踏出兩步，便立即驚叫出聲，像隻被人踩到尾巴的貓般奪門而出！

「救命！殺人啊——」

雖然只是驚鴻一瞥，但安然十分肯定剛剛看到林老爺子拿著手槍，槍口還指向他！

林陽正心血來潮將掛在牆上、裝飾用的古董手槍拿下來抹拭保養，瞬間無言。

兵荒馬亂了好一陣子後，安然在眾人解釋下，了解到這是誤會一場，滿臉通紅，尷尬地再次踏入書房裡。

此時林陽已放下手槍，手裡拿著一杯熱茶，邊一臉悠然地喝了口，邊教訓道：「現在年輕人也太沒有膽子了。想當年我打日本鬼子時，面對著槍林彈雨也是處變不驚的！」

安然在心裡咆哮：這能一樣嗎？任何人被槍口指著，都會嚇得往外逃吧!?

不過想到自己也許很快就會被趕出林家大門，沒有多少機會能與這位外公相處，心裡便一陣黯然，也沒有反駁的心情了，只想珍惜與這位親人相聚的時光——即使接下來的對話或許不會太愉快。

林陽看著眼前年輕人一副視死如歸的模樣，漫不經心地問：「怎麼？不服氣？」

安然規規矩矩地回答：「不敢。」

不是不服氣，只是不敢。

安然的容貌原本便遺傳自母親，因此才會與他的小舅林昱長得那麼相像；而現在這副不甘心的小模樣，更是像極了向林陽耍小性子的林昕。看著這樣的安然，林陽忍不住恍然。

想不到已經這麼多年了，小昕的兒子都長得這麼大了……

不知不覺間，林陽的眼神柔和起來。此刻的他，看起來就只是個很有氣勢的慈祥老人而已。

「安然，回來林家吧！」

安然霍地抬頭，以爲自己出現了幻聽。

看到安然無法置信的模樣，林陽嘆了口氣，道：「孩子，過來。」

只見林陽伸出滿是皺紋的手，拍了拍安然肩膀：「這些年眞是苦了你，是我對不起小昕與小昱。療養院的事阿晟已經對我說了，我會調查清楚。林家可不是任人揉捏的軟柿子，如果眞是療養院把小昱害成那副模樣，我一定不會放過那些人！」

聽見林陽的話，雖然安然依然感到很不眞切，卻也不由得喜形於色。不爲別的，只因老人願意出手。有他的幫助，查出眞相絕對只是時間問題而已。

雖然現在林家的事情基本上已交由林晟打理，可是林陽在這個家卻有著無法動搖的地位。更重要的是，林陽願意承認他。多一位長輩關愛，對於缺乏親情的安然來說豈能不動容？

「爲什麼……會突然改變主意……」

二十多歲的年紀，對很多人來說，還是個在父母照顧下唸著大學、無憂無慮的年紀，但安然卻已是父母雙亡，早早踏入了社會。

其實他也算不上受過什麼苦，畢竟父親留下了一棟房子，讓他得以有個居住的安樂窩，可是他卻難免感到孤單難受，這也是安然明明不缺錢，卻還是將房間出租的原因。

聽到安然略帶哽咽的詢問，林陽心裡也不好受。一開始，他固執地想等女兒在外受不了苦，自己回來，隨著時間愈拉愈長，到最後他逐漸心軟。而林晟不知道的是，其實林陽也曾偷偷尋找過林昕，可惜已事隔太久，早就失去了她的行蹤。

當林陽得知安然的存在，以及林昕已經過世的消息時，白髮人送黑髮人的他，只覺自己這些年來的固執與堅持實在沒有意義。

雖然因爲以前慘痛的經歷，使林陽對於鬼神之說仍有著本能的抗拒，可是面對對此深信不疑的安然，林陽不希望像當年一樣，因意見不合而把這好不容易才回家的孩子愈推愈遠。

見青年小心翼翼地詢問自己接受他的原因，老人只覺一陣心酸：「傻孩子，讓你回家還需要理由嗎？」

異眼房東の日常生活

第二章・染血的石獅

雖然初見時鬧得有些不愉快，但安然本就是容易與人相處的性子，再加上林陽想通以後，也急著想補償林昕唯一的兒子。於是在雙方有意交好的狀況下，兩人很快便變得和樂融融。

林陽向安然說了些林昕的事，也關心了下他現在的生活。這位在林家頂上半邊天的老人，面對青年時就像普通的長輩一樣，好說話得不得了，完全沒有平時的壞脾氣。

當安然從書房出來時，原本打算上前安慰的王欣宜一行人，看到他臉上掛著的笑容，便猜到兩人在房裡似乎談得頗爲愉快。

林俊上前用手臂勾住安然的肩膀：「傻笑什麼？事情似乎解決了？」

安然頷首說道：「嗯，外公說這段時間讓我住在林家，療養院的事也會幫忙調查。」

林晟笑道：「好小子，你是怎樣與父親說的？先前我向他談及這事時，他還大發雷霆。而且剛剛父親不是故意找你麻煩嗎？怎麼過了一會兒事情便圓滿解決了？你到底在書房裡向父親施了什麼迷藥？」

安然解釋：「我什麼也沒做，是外公自己想通的。我想……其實外公早就後悔了，先前這麼對我，只是想要試探一下我的想法吧？」

林晟點點頭，也有這種想法，只是多年來父親對林昕一事太過敏感，因此才變得不敢確定。

現在看林陽對待安然的態度，老人是真的想通了。

此時，一陣犬吠聲引起了眾人注意。

「妙妙!?」林俊皺起眉，快步往屋外走去，臉上浮現擔憂的神色。小狗平常很乖巧，並不常吠叫，而那瘋狂的吠叫聲卻近乎淒厲！

然而林俊才剛有動作，便見泉叔一臉陰沉地抱著妙妙走了進來。

林俊連忙把妙妙接進懷裡；看到主人，妙妙才終於停止吠叫，但依然讓人感覺十分焦躁。

「泉叔，牠怎麼了？」

泉叔蹙眉道：「不知是誰用血潑了大門兩旁的石獅子。妙妙也許聽到了動靜，才吠得那麼厲害。」

「血!?」眾人聞言大驚，連忙走到宅院大門查看；果見大門兩旁的石獅子上泛著一片血紅，空中飄散的血腥味令人作噁。見狀，每個人的表情皆變得很難看。

泉叔道：「已經叫人查看監控系統了，而這兩位是負責大門的守衛。」

泉叔身旁站著兩名臉色同樣很難看的男子。身為大門守衛，發生這種事實在是嚴重失職，而林家給的福利一向很好，他們並不想失去這份工作。

林家的護衛全都是退役的特種兵，不僅身手好，警覺性更是一流。這次竟被人在大門潑鮮血都不自知，還讓凶手全身而退，對他們來說絕對是極大的侮辱！

而他們在面對林晟的詢問時，卻偏偏完全說不出個所以然！

這兩名護衛說不出事情是怎樣發生的，他們肯定自己的視線從未離開過大門，但就是不知為什麼，當他們發現時，石獅子已經變成這個樣子了。

林晟問不到有用的情報，神色變得更加難看：「沒辦法，只得看看監控系統有沒有拍下事發當時的影像。這段時間要加強保安，還有盡快讓人清理……安然？怎麼了？」

此刻安然正高度集中精神，完全沒注意到林晟在與他說話。

當安然在查看石獅上的血跡時，無意中看見一頭黑貓站在不遠處的街道上，綠閃閃的眼睛有些嚇人。

察覺到安然的視線，黑貓向青年發出一陣淒厲的嗚叫聲後，拔腿便往陰暗小巷跑去。

安然動作快於思考，還來不及多想，身體便已直覺反應，舉步追著黑貓跑進小巷。妙妙吠叫了幾聲，也掙脫了林俊的懷抱，尾隨安然而去。

「妙妙！」

眾人見狀，連忙跟著追去。

安然與妙妙的舉動太突然，而且跑得很快，還好小巷並沒有岔口，因此眾人跑了一會兒，很快便順利追上他們。

只見安然呆站在小巷一處擺放垃圾的角落，直盯著地上的垃圾袋。妙妙緊貼著安然腿邊，朝垃圾堆發出恫嚇的咆哮，看起來一副緊張不安的模樣。

見一人一狗沒事，眾人不禁鬆了口氣。不過安然突然搞了這一齣，害王欣宜傻傻地跟著跑，她有些不高興，語氣很不好地上前：「安小然，你發什麼瘋……」

聽到王欣宜的質問，安然像是突然驚醒般，全身一震，轉身抱住她，把少女的腦袋按在胸口上：「別看！」

然而被安然轉身抱住的瞬間，少女在那短短的兩秒，還是看到了一堆血肉模糊的東西被人丟棄在垃圾堆內。

「那……那是什麼？」王欣宜把頭埋在安然胸口，聲音略帶顫抖地詢問。

安然並未回答少女，只是環抱著她，手一下下緩慢卻穩定地拍著她的背，讓她安穩下來。

此時林晟等人也看到垃圾堆的情景，在一袋袋黑色垃圾袋上，幾具動物屍體被人隨意丟棄在那裡。林晟他們一時間無法辨認出這些到底是什麼動物的屍體，因爲這些屍體的毛皮都被剝掉，身上有多處傷痕，幾頭動物的四肢還被折斷了。

雖然看不出是什麼動物，但從屍體上那死不瞑目的瞳眸，以及扭曲的肢體，仍能看出這些動物在死前受到極大的痛苦。林晟他們甚至懷疑，這些動物是活生生被剝皮的！

「天！這是什麼!?愛虐殺動物的變態做的嗎？」林俊摀住嘴巴，忍下想要乾嘔的衝動。

「是貓……」

「什麼?」

「是貓。」安然再次重覆道，語氣有著令人無法質疑的確信：「而且全部都是黑貓，我看得見。」

在安然眼中，十多隻全身漆黑、眼睛散發幽幽綠光的黑貓，正站立在屍體旁邊，雙目眨也不眨地瞪視他們。

明明這些黑貓的嘴巴沒有動，但安然耳邊卻不斷回響著貓科動物淒厲的叫聲，這狀況即便是老遇上怪事的安然，也感到毛骨悚然。

「你是指……看見牠們的鬼魂嗎?」對於安然連貓的鬼魂都能夠看見，眾人感到十分驚訝。但林鋒與林俊熟知安然的爲人，知道他並不是個會無中生有的人。安然說看見了，那便是眞的看見了。

林俊彎腰抱起妙妙，忿忿地罵道：「到底是誰這麼變態?就算眞的不喜歡貓，也不用這麼虐待牠們吧!?」

林鋒則說道：「安然你先帶欣宜回去休息，剩下的事我們會處理。」

林晟與林勇對於安然能夠見鬼一事，一直持半信半疑的態度，現在聽到他說連貓的鬼魂也能看見，第一時間便覺得這實在太過離奇。但看到林鋒他們對安然深信不疑的模樣，也就沒多說什麼。反正這些屍體他們會帶走化驗，是不是貓屍，到時自然眞相大白。

雖然林晟不喜歡貓，與貓相比，他更喜歡忠心的犬隻，可是並不代表他能夠無視這種虐待動物的行爲。平常沒看到就算了，這次被他遇上，絕沒有不聞不問的道理。

國家對於虐待動物的處罰還很寬鬆，有時甚至只要罰款便能了事。很多虐待動物的慣犯根本不把刑罰當一回事，可是這次事情落在林家手裡，他們有的是方法讓凶手後悔！

何況這事情也太巧了，他們家的石獅才剛被潑了血，安然便發現十多具動物屍體。這些血是怎麼來的？該不會來自這些黑貓？

林家男人眼中不約而同閃過一絲殺意，雖然他們各有各的性情，可是這神情可謂如出一轍，一看便知道是一家人。

安然陪同王欣宜先回到屋裡，少女是第一次看到那麼血腥的場面。雖然因爲安然的阻擋而看得不太清楚，但那驚鴻一瞥的鮮紅，以及空氣中瀰漫的血腥味，不斷刺激著她的神經。

再加上女孩子的情感總是比較豐富，即使沒看清楚，但聽到林晟他們的對話，也知道是有人虐待小動物，不禁感到非常難過。

其實安然的情緒也同樣低落，他本就很喜歡孩子與動物，又是第一個發現屍體的人；他現在只覺得心裡亂糟糟，閉上眼便能看到那些黑貓淒慘的死狀。但是身旁有需要他照顧的王欣宜，反而分去了部分心神，讓他無從胡思亂想。

然而一波未平、一波又起，兩人才剛喝完一口熱茶，心情仍未平復，便見一名傭人慌慌張張跑了過來：「糟糕，老爺突然暈倒了！」

安然與王欣宜聞言，大吃一驚，也顧不得其他，立即上前：「怎麼會這樣？先前不是好好的嗎!?」

傭人神情慌亂地說道：「我也不清楚，剛進書房，便見老爺暈倒在地。已經有人去喚醫生和泉管家過來了……」

「這麼慌慌張張的，發生什麼事了？」傭人口中的泉管家，正好從外面回來。傭人立即找到了主心骨般，向走進屋內的林晟一行人說道：「老爺暈倒了！」

眾人聞言，連大衣都來不及脫下，立即風風火火地隨傭人趕過去。

此時林陽已被安置到床上，安然看著先前還精神抖擻的老人，此時正一臉蒼白地昏睡著。雖然他與林陽的感情還不深，但終究是血脈相連的親人，看到老人此時的模樣，仍感到心頭一陣酸楚，心裡很不好受。

突然，安然耳邊再次傳來一陣淒厲的貓叫聲，只見一隻黑貓坐在林陽胸口的位置，用泛著綠色幽光的眼眸盯著安然看。

耳邊的貓叫聲愈來愈大，可是卻不見黑貓嘴角動過；而隨著這駭人的貓叫聲陣陣傳來，安然看見老人眉心處泛起一團令人感到萬分不祥的青黑色氣體……

當他想要看清楚一點時，那股黑氣卻又消失無蹤。同時消失的，還有黑貓和無處不在的貓叫聲，彷彿一切只是錯覺。

林陽的家庭醫生很快趕到，可是卻診斷不出原因，最後只歸咎於過度疲累所致。因爲林陽這段時間精神一直不是很好，眾人對此也早有心理準備，但實在想不到竟然會突然暈厥，讓人意料不及。

醫生離開不久，林陽便醒過來了，只是顯得很沒精神，與眾人說不到兩句話又睡了過去。

安然一直想著黑貓的事，他總覺得大門石獅的貓血、黑貓鬼魂的出現，以及林陽昏迷一事，實在過於巧合。更何況林陽昏厥時，黑貓還出現在他身邊，而那時老人眉間了更出現不祥的青黑陰影！

只是現在林陽雖然臉色蒼白，臉上卻再沒其他異樣了。安然一時也不知事情究竟將如何發展，只得暫不作聲，待屍體的檢驗結果出來後再說。

□

石獅當天便被清洗乾淨，完全看不出絲毫痕跡。甚至因爲成了傭人的重點清潔對象，清洗過後看起來比其他東西更爲亮潔。

屍體的檢驗報告很快便出來，不僅證實那些屍體確實爲貓屍，被潑上石獅的血，也的確是貓的鮮血；現場還發現一些摻在血中的貓毛，確定全都是黑貓毛。

聽到調查結果後，林晟與林勇不得不對安然的本事心服口服了。雖然他們當時什麼都沒看見，可是安然能夠一語道破那些是貓的屍體，就連毛色都能準確說出，使他們不得不相信青年是眞的能夠看到貓的鬼魂。

「安小然，那些貓應該知道誰是殺牠們的凶手吧？既然你能看見牠們，那能不能讓牠們帶你去找那個虐貓的變態？」林俊詢問。

也許是因爲飼養妙妙的關係，林俊不是特別喜歡貓，但卻見不得有人虐待動物，是眾人之中最在意此事的。

安然也很想抓出凶手，只是最後一次在林陽房間看見那隻黑貓後，黑貓的鬼魂便再也沒有出現過。安然總覺得那時黑貓想要告訴他一些事，才故意在房間現身。

問題是，即使黑貓變成鬼魂，他們一人一貓，言語還是不通啊！安然完全不明白黑貓到底想要表達什麼！

總不可能，虐殺黑貓的凶手是林陽吧？

因此面對林俊的提議，安然只得無奈解釋自己辦不到，同時順勢道出黑貓曾在林陽房間出現過一事。

然而林陽不喜歡貓，卻也算不上討厭，與這種生物一向沒有多少接觸，大家實在想不出黑貓到底想要傳達什麼訊息。

林陽自從那天暈倒，雖然當天便甦醒，但之後卻一直處於精神恍惚狀態。

安然總覺得林陽的暈厥與黑貓有所關聯，但林陽終究年事已高，加上先前有所不適，因此林晟等人認為昏厥只是老人身體微恙所致，與黑貓並無關係。

而且在那次突如其來的暈眩後，林陽雖然精神不太好，卻也未再出什麼狀況，不知不覺，就連安然也覺得或許是自己多想了。

有關療養院的事，在林陽的領導下，井然有序地調查起來。雖然事情發生至今已經過多年，可是憑著林陽的人脈與能力，以及林家的背景，安然相信總會有眞相大白的一天。

至於黑貓的事，警方已派人在區域內多加搜查，卻沒有任何發現，幾天後，便不了了之。畢竟只是死了幾隻貓，對警方來說算不上大事，要不是有林家插手，說不定連派人手調查都不會。

讓人出乎意料地，素來不喜歡貓的林俊，對找出虐貓凶徒一事異常執著，這幾天外出甚至會特意到各條小巷逛逛，看看能否遇上虐貓的人。

對於林俊的行動，林勇是反對的：「我已經派人加強巡邏，抓捕犯人也用不到你。而且這事情顯然是衝著我們林家來，你顧好自己的安全就好，別去添亂了。」

可惜林勇的話，林俊一向都是左耳入、右耳出：「反正我老是留在家裡也沒什麼事可幹。要是我的出現能引出那個虐貓變態更好，那條小巷就在家附近而已，我只要大聲一喊，立刻就有一大堆人衝出來救我啦！我們家的護衛是什麼水準？包準把那個變態打成豬頭，而且不會讓人傷到我一根寒毛。何況我也不是手無縛雞之力的人，所以大哥，你就讓我去試試啦！」

說到最後，話裡已帶有一絲撒嬌的成分了。身為家中老么，林俊一直是被寵著長大的，即使現在年紀漸長，家裡已不像小時候那般嬌縱他，可是林勇身為長兄，總是無法拒絕小弟的撒嬌，不由自主地便想盡最大努力實現他的願望。

不得不說，林俊雖然總是闖禍，卻能讓林勇這個大哥生出一種身爲兄長的使命感。操心，也是種會讓人在不知不覺間投放感情的情緒，因此林勇總覺得林俊這個弟弟是需要自己的。反觀二弟林鋒卻從來不讓人操心，同樣是弟弟，林勇的心思便全都花在林俊身上。

即使剛剛林俊的態度離眞正的撒嬌打滾還有著很大的距離，但卻已讓林勇這個大哥沒有招架之力了。

「你想要去可以，但不許獨自一人。」最終，林勇還是妥協了。

安然聞言，便主動站出來：「我和阿俊一起吧！」

林勇無奈看著自告奮勇的安然，心想因爲自身家族的關係，爲免遭人綁架，阿俊從小便受了些訓練。雖然林俊完全沒有練武的天賦，可是面對普通人還是有著一定的自保能力。

然而安然卻是個完全沒練過武的普通人，他跟著林俊一起去，眞的出事時能有什麼幫助呢？豈不是給敵人送菜嗎？

安然是林昕的獨生子，要是出了什麼事，他該怎樣向父親交代？要知道林昕可是林晟心裡最大的遺憾，現在林晟心心念念的，便是怎樣補償安然。

不過安然與林俊感情、默契好，林勇也樂見其成，所以不想太過打擊對方的積極，只委婉問道：「你初來北京，不到處逛逛嗎？」

安然嘆了口氣：「看到那麼殘忍的事情，我還哪有心情去玩？而且現在臨近春節，很多景點與店舖都關門了，也沒有什麼好逛的。」

安然說得有理，林勇聞言一窒，隨即想繼續勸阻，只是林鋒卻先一步說道：「我也陪他們一起去好了。」

既然有林鋒這個超強戰力陪伴，林勇立即把要說的話吞回肚子裡，放心地任由他們去折騰了。

異眼房東の日常生活

第三章・追查凶手

如此一來，抓捕虐貓變態的行動成員除了林俊外，還多加了安然與林鋒，以及一隻狗。

王欣宜則在事發當天先回王家了，畢竟林家出了事，她也不好意思留下來打擾，只說拜年時再過來。

而林俊之所以帶著妙妙，主要是這隻小狗雖然體型小，卻非常靈敏，就像事發當時，也是牠首先察覺到外面動靜而示警；而且經過安然的觀察，他懷疑妙妙像他一樣能看得見鬼魂。畢竟從最初的寶湖命案，以及最近的黑貓一事，妙妙的表現都證實了這一點。

雖然自從那次後，黑貓就沒有再出現於安然面前，但說不定牠們對妙妙會較無防備？

其實原本王欣宜也吵著要一起去，只是眾人都不允許。這事終究有一定的危險性，她去添什麼亂!?

只是王欣宜的小性子一上來，誰說的話都不聽。最後還是林勇笑咪咪地告訴她，如果她堅持跟著一起來，便要做好再遇上一堆血淋淋屍體的心理準備；原本氣勢凌人的王欣宜，聞言便立即打退堂鼓，安然覺得那時林勇的模樣簡直像頭狐狸。

今天依照慣例，安然三人一狗再次到小巷巡查，但仍然一無所獲。幾天的無功而返，讓他們不禁有些洩氣，不得不懷疑那個虐貓變態是否知道他們在搜索，因此龜縮在家不出來，又或者到了其他地方犯案。

這幾天林家風平浪靜，再也沒有不長眼的人來挑釁。難道那個人潑貓血，其實只是胡亂找一戶人家的大門，並不是針對林家？

安然想不出所以然，幾天下來都抓不到凶手，捉捕對方的決心也逐漸動搖了。雖然很氣憤有人如此殘害小動物，但總不能一直守株待兔下去。

就在安然想著是否該放棄時，耳邊突然傳出一陣熟悉的貓叫聲！

他被這突如其來的尖銳叫聲嚇了一跳，四處張望想尋找是否有黑貓鬼魂，便見一隻黑貓正站在林俊肩膀上，而林俊卻一副渾然未覺的模樣。

雖然貓兒身體輕巧，但總有重量，林俊絕不能可能沒有感覺。而且不只林俊，一旁的林鋒也未對黑貓的出現做出反應，反倒因爲安然突然滿臉驚慌而面露訝異。

唯一與安然相同，對黑貓的出現有所反應的，就只有朝林俊肩上狂吠的妙妙。

「妙妙，妳怎麼了？」見自家小公主對自己狂吠，林俊一顆玻璃心碎成了一地，心想怎麼妙妙就是對自己這個主人特別壞脾氣呢？

林俊因妙妙的動作而不禁退後兩步，結果他一動，肩上的黑貓便消失無蹤，取而代之的，是青年眉宇間浮現出淡淡黑氣。

「阿俊！」黑氣轉瞬即逝，而林俊也隨之緊閉雙目，一頭栽向地面！

安然連忙想伸手去扶，只是沒心理準備下，差點被倒下的林俊帶得一起往地面摔去。最後還是林鋒出手，輕輕鬆鬆便穩住林俊的身體。

青年僅昏倒短短數秒，很快就清醒過來，只是臉上神色很不好，流露著病弱的蒼白：「我……我怎麼了嗎？」

「你剛剛暈倒了。」林鋒皺起眉頭：「我們先回去吧。你還能走嗎？」

「可以……」偏偏林俊的話才剛說罷，便雙腿一軟，差點摔倒。

林鋒看著倔強的小弟嘆了口氣，便把人打橫抱了起來。

安然目瞪口呆地看著眼前情景。是公主抱耶！

林俊愣了愣，反應過來後，頓時氣急敗壞地叫嚷：「不！放我下來，我可以自己走！」

同時他還不安分地掙扎了起來，原本蒼白的臉頰因羞憤而變得通紅，氣色看起來反倒好了許多。

林鋒對林俊的掙扎感到不耐煩，轉而把人扛到肩膀上。安然看著林俊的鼻子「砰」地撞上林鋒背部，不禁在心裡爲林俊點了支蠟燭。

被林鋒以扛沙包般的姿勢帶回去，林俊覺得自己的胃都被頂得都想吐了。早知道剛剛就不要掙扎，公主抱是尷尬了點，但頂多被人取笑一番，總好過像現在這樣自討苦吃啊！

安然見林俊被扛了短短一小段路後，臉色變得更加難看，不忍心告訴對方，其實像沙包般被扛在肩膀上，不比被林鋒公主抱好上多少，姿勢都差不多古怪……從林勇目擊到他們時那憋笑的表情，便可見一斑了。

「阿鋒，阿俊他怎麼了？」

林鋒把人放下，明明才剛扛著一個人快步走來，卻是臉不紅、氣不喘。他回答道：「他剛剛暈倒了。」

林俊按著被自家二哥肩膀頂得發疼的胃，有氣無力地說著：「我沒事。」

林勇一臉不贊同地說：「臉都白成這樣了，還說沒事？」

青年沒有答話，只是一個勁地按著胃，幽怨無比地盯著始作俑者。

林鋒完全無視對方哀怨的目光，揚起下巴說道：「這是你自己要求的，我原本想橫抱，你又不喜歡。」

「橫抱？」林勇聞言愣了愣，再把視線投向林俊時，眼中不禁閃過一絲笑意與遺憾。

無法看見阿俊被公主抱，真可惜吶！

□

林家的專屬醫生這段時間好忙，臨近新年仍無法放假。先前林老爺子暈倒就算了，林俊這個身強體健的年輕人來湊什麼熱鬧啊？

經過醫生檢查，林俊的症狀與林陽一樣，同樣是精神不濟、疲勞過度。

林陽一個老人被診斷出精神不濟，眾人還會擔心，可是這事發生在林俊的身上嘛……大家只會覺得他活該。

「所以我就說，你晚上別只顧著打電動不睡覺。看，現在暈倒了。」林勇聽到么弟沒什麼大礙，鬆了口氣之餘，不忘揶揄道。

青年連忙表示自己這次暈倒絕對與打電動無關，深怕大哥禁止自己最喜歡的娛樂活動。

偏偏林勇還眞的有這個打算，原本覺得林俊正在春節假期，即使晚睡一些也沒關係，大不了第二天睡晚點補回來就好，但現在人都疲累得暈倒了，林家大哥覺得有責任好好管束自家么弟的生活作息。

於是在林俊鬼哭神號的抗議聲下，林勇無情地宣布林俊晚上的電動時間取消，還非常殘忍地要求他十一點前便要上床睡覺。

隨即林勇便不再理會仍在大呼小叫的林俊，轉而對安然說道：「安然，你現在有空嗎？我有些事想對你說。」

安然點了點頭，隨著林勇來到書房，發現林勇的助理王邦已在書房裡等候著。

早在林勇前來與他談租約問題時，安然便已見過王邦。那時安然只把對方視爲林勇的小助理，但現在接觸得多了，王邦在青年心中已從「能幹的小助理」，升級成「任勞任怨爲老闆鞍前馬後，從工作至生活照顧得無微不至；老闆一通電話，便立即買機票飛來的萬能助理」。

萬能助理，是每位總裁居家必備的必需品！也是總裁出得廳堂、入得廚房的賢內助!?

安然甩了甩頭，趕走腦海裡對王邦的奇怪設定。

果然先前不應該因爲好奇，而去看王欣宜那本什麼總裁的小肉本。看！現在影響都深入大腦了……

收拾心情後看向王邦，便見他把早已準備好的文件遞給林勇，隨即有禮地向安然告辭。

所以邦哥眞的是特意飛來北京，只爲了向總裁遞文件嗎!?

安然被腦中的想法驚到了。

林勇完全不知安然正腦洞大開，神態自若地把手中文件交給青年：「安然，你看看這間公司，覺得怎樣？」

安然接過文件，只見是一間公司的資料和其內部文件。這間公司安然也知道，雖然不算什麼跨國大企業，但在業界頗有名氣，想不到竟也是林家的產業。

「嗯？這報表的數據似乎有些奇怪……」安然當了幾年會計，對於一般公司的財務有著一定的認知，加上他從小便對數字特別敏感，只看了幾眼便發現到問題。

林勇不禁露出意外的神情。他雖然已把安然視作親人，完全沒有看輕青年的意思，只是安然的成長過程侷限了他的眼界與發展；本以爲要花不少時間、精力爲青年重新打好根基，想不到他卻有著出人意料的才能，事情似乎沒想像中的困難了。

「這公司業績雖不算很出色，但也算是不錯了。最近公司內部出了點小問題，正好可以讓你練練手。」林勇笑了笑，漫不經心地說道，彷彿交給安然的不是一間公司，而是什麼不值錢的小玩意。

安然聞言，整個人愣住了。

這是從「打工仔」，瞬間翻身變成老闆的節奏嗎!?

見安然愣呆的模樣，林勇安慰道：「弄不好也沒關係，你不用有壓力。這小公司對我們林家來說並不算重要，玩沒了就算了。」

聽到林勇那土豪得不像話的發言，雖然對林家突然把一間公司丟給他管理感到吃驚，但安然仍是忍不住生起哭笑不得的感覺。

林勇看著青年猶豫的表情，說道：「你別覺得不好意思。林家並沒有重男輕女的思想，林家的家業本就有姑姑的一份。雖然現在姑姑不在了，但老爺子既然認可了你，那麼這一份自然由你來繼承，這是你應得的。不過如果你眞的不喜歡，我們也可以給你一些股份，甚至你想要現金也可以，總比沒有實權好。」

「如果把我那一份折現，到底有多少錢？」安然十分好奇。

林勇拿出ipad簡單計算了下，隨即把結果秀給青年看：「大約是這些吧。只會多不會少。」

安然看著那串長長的數字，只感到一陣暈眩，不禁失聲驚叫：「這、這金額，我都可以上富豪榜了！」

「你信那個？要是你喜歡的話，我馬上可以讓你上下一期的富豪榜榜首。」林勇對於安然口中的富豪榜嗤之以鼻。那份排名雖然看起來有著很強的權威性，然而所披露的卻只是冰山一角。

就像林家，雖然看起來只是單純的生意人，暗地裡卻做了幾十年的軍火生意。他們甚至還擁有一支強大的傭兵團，實力在戰亂地區讓一些國家軍隊聞風色變。而且，軍火生意並不是林家唯一的財源——但卻是最賺錢、同時最隱密的財政收入。

除了這些見不得光的勾當，更別說林家爲了低調而沒有放在檯面上的生意了，那些都是錢啊！

安然看到林勇對富豪榜不屑一顧的態度，不知道該說什麼才好。

一直以爲林勇是林家三子中最爲穩重的一人，現在看來，他的酷帥狂霸跩似乎一點都不遜於林鋒啊……

「呃……不用了……」安然拒絕了林勇把他推上富豪榜的提案後，猶豫片刻，道：「有關公司的事，也許我不會做得很好，但我會努力的！」

其實安然並沒有特別嚮往權力，對他來說，錢夠用就好了，與其當一個勞心勞力的老闆，他更喜歡當一個雖沒權沒勢，但同時沒什麼壓力的打工一族。

如果沒有與王欣宜相戀，也許安然會選擇取得那筆足夠他花費十輩子的錢；只是現在與少女在一起，讓他改變了想法。

並非安然很在意門戶之見，但他還是希望能成爲配得上王欣宜的男人。沒有機會便罷，有機會卻連試都不願意試，這還算什麼男人？

反正有林家爲他護航，只要沒犯太誇張的錯，有怎樣的坎是跨不過的？

何況林陽與林晟一直對母親心懷歉疚，他接收這筆錢，也能讓他們的心裡好過一點。

既然如此，此刻他若再拒絕，就顯得太矯情了。

林勇顯然很滿意安然的爽快，隨即話題一轉，說及明天的事宜。畢竟明天便是年初一，也是眾位與林家交好的大人物前來拜年的日子，亦是安然初次在眾人面前亮相。

雖然林勇相信有他們看著，誰也不會怠慢、輕視安然，但還是把當天的流程仔仔細細地告知了青年，至少也能夠讓對方安心。

這一晚，眾人熱熱鬧鬧吃了一頓團圓飯。到了第二天一早，安然便在一片鞭炮聲中醒了過來。

在香港是禁止放鞭炮的。雖然有些鄉村祠堂還保有放鞭炮的習俗，但也只是象徵性地放個幾串，哪有像北京這樣，幾條長長的鞭炮燒了好久還燒不完！

雖然知道這種有著火藥的東西有一定危險性，但安然無法否認，過年放鞭炮的確很熱鬧，也特別有新年氣氛。

眾小輩先向林老爺子與林晟拜年，收了豐厚的紅包，家中一片喜氣洋洋。雖然這些豐厚紅包對林家人來說只是些小零錢，但收紅包嘛，最重要是討個吉利，安然等人收到後還是喜孜孜的。

早飯過後，便陸續有與林家交好的人前來拜年。這些人大部分安然都不認識，而安然認識的那些，無一不是令他仰望的大人物。安然看著這些經常在電視上出現的臉孔，忍不住再次刷新對林家強大背景的認知。

林陽也趁這個機會，把安然介紹給眾人認識。整個過程和樂融融，安然也再次得到了不少紅包。

前來拜年的賓客私下怎樣想，安然並不知道，然而至少表面上全都對他非常友善，完全沒有對這個突然冒出來的後輩表現出任何輕視的意思。

安然原本還猜想這次的會面是否會像小說情節般，出現一些高傲的富二代對主角冷嘲熱諷，然後再被硬起來的主角啪啪啪地打臉呢！

果然小說與現實是有差距的，能在年初一進林家門拜年的，無一不是有身分、有地位的人，豈會做出這麼不知輕重的事呢？

那些陪同長輩前來的年輕一輩，哪怕再看不起安然，面對他時也都表現得有多親切便有多親切，絲毫沒有印象中富／官二代的囂張氣焰。畢竟現在給安然顏面便是給林家面子，這麼淺顯的道理他們又怎會不懂？

另外，安然也與王欣宜的父母見面了，這對夫妻經常各忙各的，一年未必能回國一次。這次是因為得知王欣宜聖誕節時曾經遇險，並且想見一見女兒的男友，這才特意丟下手上的工作回來。

見過安然後，他們對這名青年的印象很好。雖然青年並不是在他們這個圈子成長，但性格純良，對王欣宜也很好，比那些懷有心思接近自家女兒的人好太多了。

王家夫婦先前屬意林俊，也是有著現實的考量，可惜這兩個孩子互相看不對眼。而現在有了安然，王家夫婦也是樂見其成的。

有了林家當靠山，他們完全不擔心安然會被人欺負，而且看對方也不是打算全依靠著林家、不思進取的樣子。只要他願意努力，加上比別人高出不知多少的起跑線，退休後把自家產業交給青年與自家女兒打理也放心得多。先不說一定要經營得多好，但安安穩穩地守業，他們相信青年還是做得到的。

雖然王家夫婦這麼想似乎太現實，但他們只有王欣宜一個女兒，從小待她如珠如寶，簡直是捧在掌心怕摔了、含在嘴裡怕化了的程度。女兒的對象關係著她一生的幸福，自然要選一個女兒喜歡、同時又不會讓她受苦的良人。

而安然，顯然很符合他們的要求。

王家夫婦對安然是愈看愈喜歡，要不是女兒年紀尚小，他們都想問女兒打算什麼時候結婚了。

有了這層關係，王家夫婦自然對安然特別和顏悅色。王家家業規模雖然及不上林家，但也是個了不起的大家族。眾人見安然不僅有林家在背後撐腰，與王家還有可能建立姻親關係，便更加不敢怠慢他了。結果年輕一輩皆很有眼色地去與他拉關係，使安然看起來反倒比林家兄弟更受人歡迎。

原本熱鬧又和諧的一天應該這樣便過去了，只是一聲只有安然能聽見的淒厲貓叫，打破了安穩。

正與王家夫婦言談甚歡的安然突然神色大變，霍地站起身，一臉焦急地四處張望。

很快，安然便看見一隻黑貓站在林陽身旁，一雙泛著幽幽綠光的瞳眸正眨也不眨地瞪向他。

「外公！」安然大驚，心頭生起的不祥感益發強烈，青年拔腿便往林陽跑去。眾人都被青年突如其來的舉動嚇了一跳，只見安然跑沒兩步，林陽便已一臉痛苦地倒下了！

看到林陽被身旁的林晟扶住，安然像是想起什麼般，突然停下腳步，轉身往林俊看去。

果然，同一時間暈倒的，還有前一秒仍精神奕奕地與客人交談著的林俊。只見青年已歪倒在椅子上，而黑貓的身影，正從他的身後逐漸消失。

「阿俊！」安然見林俊將要從椅子上滑落，連忙上前穩住對方。

原本眾人的視線都被安然和突然暈倒的林陽所吸引，誰都沒有注意到林俊竟也同時昏倒，直至青年呼喚林俊名字時才察覺到。現在，眾人看向安然的眼神，皆充滿了審視。

無論是林陽還是林俊的異狀，安然都像未卜先知般做出了反應。一次還可以說是巧合，或許是安然心細如髮，早早察覺到林陽的不適。但他同時預測了兩人的昏厥，實在令人不得不多想了。

在場賓客全都是非富即貴、心思複雜之輩，所聯想到的事只有別人想不到，沒有他們想不到的。

林家才剛公開介紹安然給眾人認識，接著便有兩人暈倒，該不會這孩子是個天煞孤星吧？

又或者是安然暗中施了手段、下了毒？他與林家再親也依舊是姓安的，林家那麼大的家業，他豈能不心動？

該不會這人有預知能力吧？

身爲話題中的主角，安然不知道一眾客人正腦洞大開、聯想爆發，此刻他全副心神都在林俊他們身上。這次林陽與林俊暈倒，氣色明顯變得更差了，安然膽戰心驚地看著他們眉宇間的黑氣變得比上次更爲濃烈，陣陣的死亡氣息令他心悸。

林晟也心急父親與兒子的狀況，只是身爲林家家主，他首先要做的是維持林家的體面，穩定客人的情緒。

林晟充滿歉意地表示因爲林陽與林俊身體不適，得閉門謝客。而客人們也在表達關切後，並未多作逗留，皆很識相地離開了。

異眼房東の日常生活

第四章・追捕

送走最後一名客人後，林晟立即上前查看父親與兒子的狀況，卻發現他們的狀況比先前更加嚴重。兩人不僅臉色慘白得可怕，嘴唇還呈現淡淡的紫青色；額上滿布的冷汗和皺起的眉頭，顯示出即使陷入昏迷，他們依然感到非常痛苦。

幸好林家的專屬醫生近期一直在林家待命，能立即前來爲兩人檢查。

這次檢查的結果與上次一樣，依舊找不到原因，脈搏與血壓等生命跡象也很正常。然而，這次祖孫二人卻遲遲醒不過來，怎樣看都不像沒事的樣子。

林晟不敢繼續耽誤下去，待醫生進行簡單檢查後，便讓人把林陽二人送往醫院做詳盡的檢查。

但檢查過後，仍是無異狀的結果，可是偏偏人就是醒不過來，醫院方面也沒有法子，只得讓昏迷不醒的兩人留院觀察。

雖然安然等人也很擔心林陽他們，但那麼多人留下來也幫不上忙，所以在醫院待了一晚後，他們便回到林宅梳洗一番，繼續等待消息，只有林晟與林勇作代表留了下來。

從小王欣宜與林家的關係便很親密，因爲王家夫婦常年在外工作，王欣宜的童年有大半時間都在林家度過，因此林家對王欣宜來說，像是她的另一個家。

現在林陽與林俊出了事，少女的擔憂不比林晟等人少，第二天一早，便與父母一起到林家待著，只求能第一時間收到消息。見王欣宜悶悶不樂的模樣，安然便提議到外面散散心。

「欣宜，我們出去走走吧。我已經交代好，有什麼狀況，泉叔會第一時間通知我們的。」

林鋒見狀，道：「我與你們一起吧。」林陽與林俊的狀況來得蹊蹺，林鋒擔心安然兩人也會出狀況，便要求與他們同行。

在林家兄弟中，林鋒的身手是最好的，而且人又穩重，有他陪同，王家夫婦便很安心地放行了。

此行只是爲了讓王欣宜散心，少女知道安然與林鋒的心情一定與她同樣難受，很懂事地沒有到處亂走，只在林家大宅附近隨意逛逛。

身爲保護者的林鋒也很識趣，超前走了幾步，爲身後的小情侶留下獨處空間。

「安小然，你說明明好好的，爲什麼會發生這種事呢？先前醫生不是說林爺爺與俊表哥只是因為精神不振，所以才暈倒的嗎？這次他們暈倒後卻一直醒不過來，你說他們會不會就這樣一直……」王欣宜原本想說兩人就這麼一睡不起，但想到這樣說也太不吉利，便立即噤聲。

王欣宜實在被林陽、林俊相繼暈倒的狀況嚇到，先前一直壓抑著，現在與男友獨處，便忍不住發洩內心的不安。

青年牽著小女友的手，略微加重力道地握了握，這小動作讓少女得到了安慰，也默默回握了下。

安然的神情並不比王欣宜輕鬆多少，他猶豫了片刻，說道：「其實……在外公他們再次暈倒時，我又看見那些黑貓了。」

王欣宜驚呼：「什麼？難道林爺爺與俊表哥之所以暈倒，真是因為黑貓的關係嗎？可是冤有頭債有主，虐貓的人又不是他們，而且俊表哥還那麼積極想要幫忙，太過分了！」

因為過於驚訝，王欣宜說話音量不免大了起來，走在前頭的林鋒雖然不是有意偷聽，但也聽到她說的話，回首詢問安然：「確定是那些黑貓作怪？」

安然解釋：「雖然無法百分之百確定，但每次牠們的鬼魂現身在誰身邊，那人隨之便會出事……有時怨靈所做的事，我們是無法用常理來評斷的。如同當初阿俊在寶湖花園招惹上的女鬼，不就只因爲很小的事情便要害他性命嗎？」

王欣宜冷哼了聲：「眞是忘恩負義，難怪別人都說黑貓會帶來不祥！虧我們還那麼努力想幫牠們抓住凶手！」

「也不一定喔。中國的風水學有一種說法：『玄貓，辟邪之物。易置于南。子孫皆宜。』說黑貓會帶來不祥，說不定只是因爲毛色令人不喜，使人心生誤解而已。」

突然插進來的嗓音溫和悅耳，充滿磁性的話聲彷彿能洗滌心靈。光是聽到聲音，便令人不禁猜想，能擁有如此動聽嗓音的主人，到底是何等俊美的人物？

若有聲音控在場的話，一定會忍不住高呼：耳朵都要懷孕了！

身後話語才剛響起，安然便立刻認出說話的人是誰。青年正想詢問對方爲什麼會出現在此，已見原本走在前頭的林鋒迅速回頭把走在一起的小情侶拉開，氣勢洶洶地質問：「白樺，你跟蹤我們!?」

安然被拉得一個踉蹌，站穩後往後看去，果見在他們身後的是那張俊美無雙的臉，眼角一顆小小的藍痣，更是讓臉的主人性感得奪人心魄。

「白警官!?」安然雖然早有預料，但眞的看到本尊時仍止不住驚訝。

對於白樺出現在北京一事，相較於只是感到訝異的安然，林鋒的心思卻複雜得多。林鋒覺得他與白樺彷彿八字不合，每次看見對方總沒好事。這人既是他敬佩的對手，卻同時也是最令他頭痛的敵人。

曾有段時間，林鋒被白樺視爲追查目標，沒日沒夜地展開調查。起初林鋒不以爲意，怎料對方眞有本事，眞查到一些對他不利的資料。林鋒猛地吃了個大虧，逼不得已動用林家的資源才得以脫離窘境。

從此以後，林鋒便十分忌憚這男人。尤其最近林家接二連三地出事，而應該身處香港的白樺竟現身北京，林鋒覺得除了是冤家路窄、自己流年不利外，也懷疑白樺前來北京，與林家近期發生的事有關，不然怎麼偏偏這麼巧在北京遇上呢?

林鋒平常便已一身煞氣地讓人退避三舍，現在面對白樺這個老對手，一身氣勢與戰意更被激發出來，讓他顯得生人勿近，即使是安然與王欣宜，也不禁連連後退了幾步。

白樺被林鋒一臉警戒的神情逗樂，說道：「只是碰巧與你們相遇，怎麼被你說成是跟蹤呢？何況，要是眞有人故意一路跟隨，憑你的實力會察覺不到嗎？」

白樺皮膚白皙，身材比林鋒纖瘦，與林鋒挺拔的身形成很大對比，然而面對對方時氣勢卻絲毫不弱。

就在林鋒與白樺對峙之際，王欣宜卻一臉興奮地搖著安然手臂：「他就是白樺？天呀！雖然我以前就聽俊表哥他們提過這個人，但看到本人才知道他原來長得那麼俊美！」

聽到女友毫不顧忌地在自己面前稱讚別的男人，安然卻沒有絲毫不悅。

青年一向很有自知之明，知道自己長相平凡，絕對稱不上英俊；而王欣宜喜歡他，也不是因爲他的容貌，是喜歡他這個人。

再美的容貌也會隨著歲月消逝，安然很高興他們之間的感情，並不是建立在外貌這種浮而不實的東西上。

想到這裡，安然臉上浮現出溫柔的微笑。然而這泛著粉紅泡泡的溫馨氣氛，卻因王欣宜接下來的驚人之語而瞬間消散。

「原來他就是鋒表哥的最大對手啊……難怪鋒表哥看他的眼神這麼炙熱！果然俗語說得好，當一個人令你很在意的時候，你離付出真心也不遠了！」

這到底是怎樣的神結論!?

安然有時實在不明白王欣宜的腦迴路是怎樣的構造，竟然異想天開地把林鋒與白樺想成一對了!?

少女完全不理會自家男友投來的詭異視線，逕自沉醉在美妙的幻想中：「強大霸道攻與妖孽美人受！強攻強受什麼的，閃瞎我的眼睛啦！」

少女的聲音實在有點大，就連對峙著的林鋒與白樺二人，也不禁分出部分心神看向她。

安然連忙一把摀住小女友的嘴巴，向兩人乾笑了聲：「沒事沒事，你們繼續！」便將少女拖走。

等到距離夠遠後，安然這才放開摀住少女嘴巴的手，滿臉通紅地告誡：「妳別說得那麼大聲，要是被他們聽到，那多不好意思啊！」

「有什麼不好意思的？噗！安然你的臉都紅了，好可愛！」王欣宜掩著嘴巴噗哧笑了起來：「說起來，雖然當初我以為你是小三時，對俊表哥紅杏出牆很生氣，但其實我當時也覺得你和他這對ＣＰ不錯呢！傲嬌攻與溫潤受在ＢＬ界也是很受歡迎的吶！」

安然一口血悶在喉間，差點便吐出來了。

女朋友老是把我和她表哥湊成一對該怎麼辦？急！在線等！

就在安然被王欣宜搞得快要吐血之際，林鋒與白樺已經結束對話，兩人好在沒打起來。王欣宜見狀，立即雙目一亮，興高采烈地湊上前向白樺自我介紹：「男神你好！我叫王欣宜，是鋒表哥的表妹。」

白樺曾深入調查過林家，知道眼前這位少女的身分，微笑著伸手與王欣宜握了握：「妳好，我是白樺，是安然的朋友。」

王欣宜歪了歪頭，明知故問地說道：「原來你不是鋒表哥的朋友嗎？」

白樺看了臉色不豫的林鋒一眼，嘆了口氣道：「即使我想說『是』，只怕林鋒也不認同吧？」

說罷，白樺還故意露出苦澀笑容，實在是怎樣看怎樣委屈。任何人看到白樺這副表情，都會覺得一定是林鋒有問題！

王欣宜立即覺得心頭中了一箭！

男神好可憐啊！那可憐兮兮的小模樣也太勾人了！你這磨人的小妖精！

鋒表哥你眼瞎了嗎？怎麼不把男神好好抱在懷裡安慰一番！

原來他們不只雙愛雙殺，還求而不得嗎？完全戳中我的萌點了怎麼辦！

少女頓時腦洞大開，那飢渴炙熱的眼神就連白樺也忍不住抖了抖。最終白樺受不了，想要轉移她的注意力。

可惜白樺卻是哪壺不開提哪壺，說道：「剛才我遠遠便看到妳與安然笑得很開心，你們在說什麼，說得那麼高興呢？」

安然神情僵硬，就怕興奮的小女友會說出什麼豪言壯語。

幸好王欣宜雖然總在安然等熟悉的人面前言行無忌，但面對外人還是很有分寸的，並沒有直接道出心裡的妄想。

王欣宜饒富趣味地欣賞了一會兒安然膽戰心驚的模樣後，這才上前親熱地挽起

男友的手臂，笑道：「這是我與安然的祕密，才不告訴你呢！」

安然見白樺不以爲意地聳聳肩，忍不住同情起來。心想：你不知道眞相比較好，剛剛欣宜把你與鋒哥湊成一對呢！

不過這些話安然也只敢在心裡嘀咕，僅能點頭附和王欣宜的話；無奈的他此時無意間看見一個闖入他視線的男人背影，立即瞳孔猛然一縮，想舉步追去，正要動作時，才發現手臂還被王欣宜挽著。

要是一些大而化之的男生，也許想都不想便會抽出手臂追上去，只是安然心思比較細膩，做事前總會多想想。這溫吞的性格可說是他的缺點，但也是體貼之處。

安然想著，如果就這麼二話不說丟下王欣宜一走了之，對女朋友來說無疑是一種傷害。因此他馬上改變主意，指著那個逐漸走遠的男人背影，向林鋒說道：「鋒哥，貓是他殺的！」

林鋒聞言，毫不猶豫，雙腿一發力便像風般掠出，只留下來一道殘影，以及散逸在風中的話語：「交給我！」

白樺見狀，雖然並不知道黑貓的事，但也立即尾隨著林鋒追出去，瞬間不見了人影。

安然雖然也想追上去，可是看了看跑得不快的王欣宜，便緩下腳步，陪在她身邊小跑著過去。

林鋒很快便追上那名男子，並且在那個男人身上嗅到了不陌生的氣息與敵意。這絕對是個刀口舐血、手中握有人命的亡命之徒！

雖然現在還沒證據證明男子就是虐貓凶手，一切還只是安然的片面之詞，但心頭生出的危機感卻讓林鋒毫不猶豫地向男子出手，想先制住這號危險人物再說。

這名男子正是湊巧路過安然他們身邊的陳威。聽到背後傳來揮拳聲，他迅速轉身阻住對方的攻擊，手臂傳來的力道令他吃驚。山東人本就以民風剽悍著稱，而陳威是獵戶家庭出生，更是從小就在冰天雪地下打獵，練得一副好體魄。後來學武更是氣力大增，鮮少有人一招便能壓制他，甚至讓他生起難以對付的感覺。

尤其在打了照面後，陳威認出攻擊的人是林鋒，更是立即心生退意。只見男子拚了命般全力回擊，卻在林鋒稍微退開時立刻尋了個空逃走。

林鋒想不到這男人不要命地衝過來後，竟突然撤退，一時反應不及還眞讓他找到機會逃開了。

然而陳威才剛轉身跑了幾步，便被白樺阻擋住。

不得不說，白樺高瘦的身形實在很有欺騙性。他是那種「穿衣顯瘦、脫衣有肉」的類型，藏在衣服底下的一身肌肉雖然不顯眼，但卻有著驚人的爆發力。

陳威見白樺阻擋自己去路，臉上浮現起殘忍的笑容，舉起拳頭用力往對方臉上揮去。想到這張俊美的臉在下一秒便會被揍得血肉模糊，男人生出變態的興奮感。

然而陳威卻高興得太早，他怎樣都想不到眼前這個看似不堪一擊的人，竟輕而易舉地擋下他的攻擊；不單如此，對方接下來的反擊更凌厲異常，攻擊力相較於先前的林鋒，竟不遑多讓！

一開始便輕敵顯然致命，陳威的實力本就不及白樺，更因輕敵而被白樺壓著打，再也翻不了身。

當安然與王欣宜趕到時，只見被打成豬頭的陳威倒在地上，白樺則瀟灑地整理著衣服。

兩人見狀，不禁感到愕然，本以爲打倒男人的會是最先追上去的林鋒，想不到卻是白樺把人擊倒，林鋒反倒成了旁觀者，這是什麼狀況!?

白樺微笑著脫下陳威的外套，將對方雙手束縛住，動作熟練得彷彿做過許多次。看到小情侶趕來，便壓著陳威上前，笑道：「安然，我幫你把人抓住了。說起來，他到底做了什麼事，讓你這麼氣急敗壞？我剛剛好像聽到你說……殺貓？」

安然看著白樺，雖然對方笑得溫柔爾雅、看起來很好說話，可是卻能看出對方嘴上說著幫他抓到了人，可並沒有交出男人的打算。要是不告訴白樺詳情，只怕很難把人要過來啊！

雖然安然對白樺的印象很好，抓捕虐貓變態也不是什麼不可告人的事，可是這個男人向林家潑貓血，事情似乎不簡單；再加上林陽與林俊離奇昏迷，至今仍未醒來，這讓安然猶豫是否該向白樺如實相告，只得把詢問的眼神投往林鋒身上。

現在林鋒的心情實在鬱悶得很。要是他一開始就抓住人，便不干白樺的事了。偏偏自己一個不慎，讓這男人落入白樺手中，以白樺的性格，只要引起他的興趣，只怕無法把他從這件事中甩開了。

只見林鋒雖然蹙著眉一臉不爽，但仍是頷首應允。安然便道出林家門前的石獅被潑貓血，以及找到多具被虐殺的貓屍一事。不過對於林老爺子和林俊近期無故暈倒，當下都有黑貓鬼魂在側一事卻三緘其口。

「虐貓!?」白樺瞇起雙眼看著被他揍得鼻青臉腫的男人，只恨剛剛下手太輕。因爲工作關係，白樺見過不少心理陰暗的人。因爲自身沒實力，所以專門對無法反抗的婦孺、老人和動物下手，手段往往非常凶殘。而他最看不起的，正是這種人。

何況與偏愛犬類的林家人不同，白樺是個不折不扣的貓奴，本身在家裡就養了一隻白貓，而且那白貓還是他從一個虐貓變態手中救回的，想到初遇那時，白貓奄奄一息的模樣，白樺立即發怒了！

白樺將男人交給林鋒的同時，熟門熟路地伸手進男人的衣服口袋一摸，像變魔術般，手中便出現對方的錢包。只見白樺從錢包中抽出男人的身分證，挑了挑眉說道：「陳威？」

陳威雖然雙手被白樺用外套反束著，但仍很不安分地掙扎著。可惜林鋒抓著他的雙手就像鐵箍一樣，任他怎麼用力都無法掙脫。

「放開我！我不知道你們在說什麼！什麼虐貓？我根本沒有做過！」眼看掙脫不掉林鋒的箝制，陳威便開始大聲喊冤。要不是此處位置比較僻靜，加上新年期間很多店舖都關門休息，這聲量也許早已引來一群市民圍觀了。

安然見陳威如此激動，連忙拉著王欣宜退後，以防男子突然暴起傷及少女，同時眼睛眨也不眨地凝望著那隻突然出現在陳威腳邊的黑貓。

黑貓仰起頭顱，泛著綠光的眸子定定看著安然。安然只感到一陣暈眩，便覺眼前景物變得模糊，並迅速轉換成其他景象！

異眼房東の日常生活

第五章・幕後黑手

四周突然變得很安靜，耳邊浮現陣陣耳鳴聲，隨即景色變得如海市蜃樓般，帶著虛幻、朦朦朧朧的，看不太清楚。

如果這種事發生在別人身上，也許早已嚇得魂飛魄散了，幸好安然曾有過類似經驗，知道自己是進入了鬼魂所產生的幻覺中，倒還能保持著冷靜，不至於太過驚慌。

此刻安然正身處一條老胡同中，只見陳威領著兩名男子，正走往其中一棟殘舊的磚屋。陳威身後的男子各自拿著一個黑色垃圾袋，雖然看不見袋裡到底放著什麼，可當安然的視線觸及垃圾袋時，只覺心頭亂跳，同時不自覺生起一種怪異的預感，彷彿將會發生很不好的事情。

安然立即小跑上前尾隨著陳威等人，果然如同他先前所經歷的幻覺一樣，這些人只逕自做著自己的事，彷如沒有看見安然的出現。

陳威敲了敲小屋大門，開門的人滿頭銀髮，可臉孔卻像是中年人。見主人出現，陳威立即恭敬地喚了聲：「洪爺。」

洪爺!?

安然覺得這個稱呼很熟悉，但一時之間卻來不及細想在哪聽過。看到陳威他們進屋後便要把門關上，安然連忙跟上去，也同時把心頭剛生起的一絲懷疑給拋諸腦後了。

陳威一行人關上大門後，洪爺便把視線投向兩名男子手中的垃圾袋：「我交代的事你辦好了？」那隨意的態度，簡直像在使喚自家奴僕一樣。

陳威眼中閃過一道寒光，但很快掩飾起來，臉上堆起笑容道：「洪爺交代的事情我豈會不上心呢？看，我把牠們都帶來了，十三隻全黑的黑貓，我可全部檢查過，絕對沒有混一點雜色。」

說罷，陳威示意兩名手下打開垃圾袋，袋口往下一倒，果然倒出數隻四肢及嘴巴被繩索束著的黑貓。這些繩索全都束得死緊，再加上黑貓用力掙扎下全都陷入了肉中，已經勒出血來，安然光看便覺得心痛不已。

可是安然知道這些黑貓的苦難遠不只如此，因爲他現在幾乎肯定這些被陳威抓住的黑貓，正是林家大門石獅被潑貓血後，他們在後巷發現的那些無皮貓屍。

果然如安然所料，接下來等待這些黑貓的，是地獄。

洪爺指示陳威的手下把黑貓們丟到一間陰暗房間裡。不知爲何，那兩名手下接近房間時，似乎想起什麼不好回憶般卻步不前。但猶豫了一會兒，兩人便露出視死如歸的神情把貓丟進房間，才一臉驚惶地將門關上，迅速退回客廳，彷彿房間困著一頭即將掙脫囚牢的怪物，衝出來撕破他們的喉嚨。

陳威對於手下慌張的表現很不滿意，道：「這次房間的清潔也由你們負責。多整理幾次好給我習慣下來，別每次都露出這副窩囊樣！」

聽到完事後還要負責清理，兩名手下的神情頓時變得更加難看，其中一人甚至還鼓起勇氣抗議：「可是上次已經是我們負責清理，這次……」卻在陳威帶有怒意的目光下退卻了。

這讓安然不禁好奇，到底他們上次清理這房間時，房內的情況有多恐怖血腥，竟讓這兩個大男人如此害怕？

想到這裡，再憶及黑貓屍體的慘狀，安然對於接下來這房間內將發生的事情頓時了然於心。雖然實在不想看到任何可怕情景，但這件事涉及林家，甚至還會牽連到林陽與林俊兩個親人的安危，安然不得不硬著頭皮看下去。要是失去這個了解眞相的難得機會，屆時他會無法原諒自己的怯懦。

於是在兩名手下要關上房門離開時，安然一咬牙，硬是壓下想跟著離開的衝動，在門關上前走進了房間裡。

安然本以為黑貓是陳威他們所殺，可是出乎他意料地，不僅陳威與他的手下，就連洪爺也沒有進入房間。他們只是把黑貓丟進房裡，關上房門後便離開了。

難道洪爺他們並不打算立即處理這些黑貓，而是先把牠們關一陣子再說？

可是很快地，安然知道他的猜想大錯特錯。

現實比他所想像的更加詭異與恐怖。

與那些黑貓一起留在房裡的安然，在房門關上後，馬上看到房內四個角落分別冒出四顆嬰兒頭顱。

接著，牆壁中露出這些嬰兒的整副身體。四個孩子都還很幼小，看起來約一歲多的年紀。祂們有著一口一般嬰兒所沒有的尖牙，長而銳利的指甲陷進牆壁內，讓祂們可以凌空倒在天花板上爬行。

這些嬰靈渾身散發著邪惡氣息，光是視線觸及祂們，便立即遍體生寒。安然忍不住將視線移開，但他想起留在此處的目的，於是只得再次將視線投向嬰靈們，硬著頭皮繼續注視著事態發展。

然而接下來的殘忍虐殺，令安然不得不再次移開視線，強忍想要嘔吐的衝動，不忍再注視下去。

這些黑貓被孩子的鬼魂正以慘無人道的方式肢解、剝下毛皮……彷彿執行了某種儀式般；當那些嬰靈虐殺黑貓時，身上還同時浮現出一股令人毛骨悚然的黑氣。黑氣逐漸增加，並漸漸脫離了嬰靈的軀體，像有自主意識般纏上正在痛苦掙扎的黑貓們。

看著嬰靈虐殺黑貓的手段，安然寒毛直豎，背部都被冷汗浸濕。

雖然青年不是不知道，某些強大的靈體能觸碰得到現實的東西，而他也曾遇過鬼魂用這種能力來害人。其中紅衣女童的鬼魂，就是他所見過最凶猛、危險的怨靈。

然而這四個嬰靈，力量顯然比紅衣女童更爲強大！

雖然安然只看了一會兒，便受不了過於血腥的畫面而移開視線，但耳邊傳來的聲響，卻仍然能讓他知道到底發生了什麼事；而那陣陣淒厲的貓叫，更令安然心情久久無法平靜。這可怕的經歷，使他在往後幾天睡覺時，總作著貓叫聲不斷迴盪的惡夢。

當黑貓的慘叫逐漸變得微弱、最後無聲無息時，一陣奇怪、咀嚼著什麼東西般的聲響吸引了安然注意。安然鼓起勇氣再次抬頭看去，驚見嬰靈正把黑貓血淋淋的毛皮吃進肚子裡！

這下安然終於忍不住嘔意，彎下腰吐了起來！

不知過了多久，房門再次被打開。安然看著四個嬰靈迅速爬上天花板，並化爲一股煙霧沒入房間四個角落，只留下十多隻早已失去生命氣息的黑貓屍體，以及遍地鮮血。

看到房間的慘狀，即使是已有心理準備的陳威等人，仍被嚇得不輕，過了好一會兒才回過神，認命地收拾殘局。

「太奇怪了，這些黑貓都被人剝了皮，那牠們的毛皮到哪裡去了？」其中一個手下驚呼。

陳威抿起嘴告誡：「別大驚小怪的，那你倒不如說，明明是空無一人的房間，到底是誰殺死了這些貓……這裡處處透露著詭異，我們還是快點處理好、盡早離開才是。有什麼事，等離開這裡再說。」

聽到陳威的話，手下們心中驚惶。這房間的格局明明一目了然，沒有任何家具遮擋視線，可是他們總覺得好像有某種凶猛的怪物正藏在房間角落，盯著他們的一舉一動，等待時機，以便撲出來咬破他們的喉嚨！

兩人不敢再說什麼，深怕他們的對話會刺激到剛把黑貓虐殺掉的東西，立即依著洪爺留下的指示撿起貓屍，丟進一個寫滿咒文的木桶內。

隨即神奇的事發生了。在陳威等人驚愕的注視下，木桶內的貓屍再度迅速流出鮮血，直至填滿木桶填滿爲止。

看到這驚人的一幕，兩名手下顯然已忘記先前慎言的打算，連連驚呼：「這不可能！屍體的血應該已經凝固了！」

「就是！而且這出血量也太誇張了吧？」

陳威內心的震驚不比手下少，過了好一會兒才冷靜下來，上前拿起木桶，並告誡手下們，說道：「我去把洪爺交代的事情辦好，至於你們，別再大驚小怪了，好好給我把這房間打掃乾淨！」

見陳威拿著一桶貓血與貓屍就要離開，安然立即尾隨著他，離開了這棟可怕的屋子。

離開洪爺居住的小屋後，陳威拿著木桶快步前進，彷彿身後有怪物在追趕似的。從男子慌亂的步伐，安然可以看出對方面對洪爺屋內的怪事，其實並不如在手下面前表現出來的那麼冷靜。

當陳威經過一條小巷時，突然想起什麼般停下腳步，並掀起蓋住木桶的黑布，忍著噁心感取出木桶內的黑貓屍體，隨手丟棄在小巷旁的垃圾堆上。

拿著一桶貓血的陳威接著走到林家門前，把木桶中的貓血盡數潑往大門兩旁的石獅上。安然看到當陳威接近林家大門時，身上冒出幾道奇怪黑霧，而這霧氣遮擋了守衛的雙眼和監視鏡頭。

難道是因為這些霧氣，所以沒人發現陳威的行動嗎!?

當陳威拿著木桶全身而退時，十多雙泛著綠光的貓眼浮現在被血染成紅色的石獅上，充滿恨意地瞪著男子離去的背影……

安然觸及黑貓那一雙雙帶著赤裸惡意的雙眼，突然感到眼前一黑。當發黑的雙眼再次恢復視力，他不禁覺得一陣暈眩。

「怎麼了？剛才還好好的，不舒服嗎？」當安然因暈眩而渙散的視線終於恢復正常後，他聽到王欣宜正以充滿擔憂的語氣詢問，少女的手還撫著他的胸口試圖爲他順氣。

回來了……嗎？

安然壓下噁心感，只是不知是受了被拉入幻境的影響，還是因爲受到驚嚇，覺得身體十分虛弱，正想要安慰王欣宜，一開口卻發現自己聲音沙啞得不成調，只得擺了擺手示意自己沒事。

安然看了看四周，只見林鋒依舊正抓著陳威審問，白樺手中也還拿著男人的身分證，眼前狀況與陷入幻覺之前相同，並沒有任何改變，彷彿在幻象中度過的時間不存在。

見陳威對黑貓一事裝作毫不知情，因為親眼看到黑貓被殺的慘況而心裡很不快的安然，也沒有心情與對方客套，直截了當地說道：「我知道黑貓不是你殺的。」

聽到安然的話，林鋒與白樺不禁向青年投以疑惑的視線。即使陳威表現得再理直氣壯，但他們仍能看出他表裡不一，皆奇怪為何青年會幫他說話。

陳威同樣疑惑得很，但現在被人抓住了，管不得對方為什麼會為他開脫，立即點頭喊冤。

然而未待陳威高興多久，安然接下來的話卻讓他從天堂墜進地獄：「雖然貓不是你所殺，可是我知道是誰殺的，甚至還知道案發地點。何況黑貓是由你們捕捉給洪爺的，因此你也是幫凶。我說得對不對？」

「我、我不知道你在說什麼。誰是洪爺？」陳威想不到安然竟然知道那麼多，甚至還知道這事是由洪爺主導，不禁吃了一驚。

但一想到洪爺神鬼莫測的手段，陳威還是想再掙扎一下。說不定安然其實只是猜測，這一切都是在套他話呢？

安然歪了歪頭，看著心虛不已的男子，微笑著說出一條街名。

那是洪爺租住屋子所在街道的名稱。

在幻境中一路尾隨陳威，安然仍記得路牌上的街名，要帶林鋒他們過去絕對不是問題。

聽到安然連洪爺的老巢都說出來了，陳威知道對方並不是唬他的，而是眞的清楚他們的事情。

雖然他不知道這個剛獲得林家承認、與林家三兄弟相較之下遜色得多的普通青年，到底是如何知道這些事的，可是也不得不承認，自己的確栽在這個看起來很好對付的年輕人手上了。

別看陳威長得老實，其實心眼多得很。眼看快瞞不住了，立即決定坦白所有知道的事，來爭取林家的原諒。

洪爺他惹不起，可是林家，也不是他這個小人物可以招惹的！

此刻陳威不得不慶幸他留了個心眼，即使幫洪爺對付林家是事實，可是他所接的活全都是些小事情，例如：監視林家的成員、捕捉黑貓、向林家大門的石獅潑貓血等。

這些舉動觸怒林家是一定的，但卻沒有觸及林家的底線。現在被林家抓住了，陳威便打算來個棄暗投明，把洪爺出賣個徹底，以換取林家寬大處理。

因此，陳威可說是完全沒有任何心理負擔地把洪爺出賣得一乾二淨。

從陳威口中，安然才驚覺洪爺便是焦炭君一案中，那個販賣黑市器官的組織首腦。而現在這個危險人物正潛逃於大陸，並處心積慮地想要對付林家！

另外，陳威也把洪爺的特異之處一併說了出來，最後道：「我不知道他爲什麼要大費周章地用黑貓血潑上林家石獅，但那個老頭眞的很邪門，說不定這是什麼邪術呢！」

安然也補充了他在幻象中房裡所見之事。黑貓被屠殺的方式太過慘烈，現在青年提起時依然感到心裡發怵，因此並未注意到他說及此事時，陳威露出一副見鬼的模樣。

當安然說到他尾隨陳威離開房間，並看到他丟棄屍體後，陳威終於忍不住打斷青年的敘述：「你當時在房間裡？還一直尾隨我？這怎麼可能！」

安然聳了聳肩，道：「既然如此，那你告訴我，這些事情我是怎麼知道的？」

聽到安然的話，陳威一時無從回答。可是如果說安然是親眼目擊了這些事，他是怎樣也不信的：「但那不可能，我可以肯定那時你不在屋內！」

「其實你說對了，那時我並不在那裡。」安然道：「剛剛我說的一切影像，都是那些被你們害死的黑貓讓我看到的。」

不待陳威再說什麼，安然盯著他的雙眼，道：「你聽不見嗎？那一直迴盪在你身邊、淒厲的黑貓叫聲。」

陳威只覺青年的眼神彷彿能洞穿他的靈魂，清楚看到他醜陋的內心，一切祕密在這雙眼的注視下無所遁形。

陳威感到一股無法抗衡的壓力，他想要移開視線，偏偏安然的眸子卻像一道有著神祕魔力的幽暗漩渦，將他的視線牢牢吸住，無法掙脫。

就在陳威要受不了之際，安然卻移開了視線，就像有什麼吸引了他似地看向男子腳邊。陳威鬆了口氣之餘，也好奇地順著青年的視線看去，想看看自己身邊到底有什麼東西。

這一看，卻把陳威驚得魂飛魄散，不知何時，一隻黑貓竟站在他腳邊，用泛著綠光的眸子緊盯著他看！

明明身上沒有任何傷口，可是黑貓卻流出大量鮮血。鮮紅色的血液把黑貓漆黑的毛皮染得發亮，同時也在腳下形成一個紅色水窪！

陳威看到黑貓時，已被對方充滿恨意的雙瞳嚇得膽戰心驚，而黑貓那血流滿地的詭異景象，簡直成了壓垮駱駝的最後一根稻草。陳威神經質地又叫又跳，林鋒立即上前與白樺聯手，而以兩人之力，竟一時也壓制不住他！

偏偏隨著陳威的動作，地面的血泊被他的鞋子踏出一個又一個血鞋印，看起來恐怖又噁心。安然身為旁觀者也不禁退後幾步，以免被鮮血濺中，而始作俑者的陳威，心裡更加崩潰了！

王欣宜被陳威突如其來的掙扎嚇了一跳，見對方無法掙脫，這才心有餘悸地說道：「他突然發什麼瘋!?」

安然指了指緊跟在陳威腳邊的黑貓，詢問：「妳看不見嗎？」

「那裡什麼也沒有啊？我應該看見什麼？」王欣宜愣了愣，隨即想到了什麼似地神色大變：「難道安小然你又看見什麼鬼東西了!?」

安然聞言，心有戚戚地點了點頭。

他所看見的，不正是「鬼」東西嗎？

異眼房東の日常生活

第六章・洪爺的身分

白樺想不到他只是請了一段年假，趁著新年期間回鄉探親，竟讓他打探到正在潛逃的通緝犯的消息，不禁覺得自己眞是太幸運了！

當然，在新年期間被白樺一通電話便調動起來的顧東明等人，則是爲自家老大連放假都能自找麻煩的特質哀號連連。

因爲此事涉及林家，而北京又不是白樺的地盤，如果他一意孤行，林家想要隻手遮天私下抓捕洪爺，可說一點都不難。爲免節外生枝、引來更多麻煩，因此白樺只得妥協了。

同樣，林鋒雖然不想讓白樺摻和，卻也知道這是不可能的事。事已至此，也只能雙方各退一步，攜手合作來達到雙贏。

於是林鋒與白樺經過商議後，有了共識。林家會負責抓捕洪爺，抓到人後先讓林家問出想要知道的事，之後便轉交給白樺處理。

當林家與白樺商討抓捕洪爺的事宜時，安然並沒有閒著，而是打了一通電話給唐銘。

幻境中，安然看到那些殺死黑貓的小嬰兒，有種很熟悉的感覺。

於是安然仔細回想，發現這些嬰孩的氣息，很像那個到處殺人的紅衣女童！

安然記得唐銘他們說過，紅衣女童的背後有位邪惡術士驅使，術士利用惡靈收集靈魂，以壯大自己的力量。而這種術士在唐銘他們的圈子裡，是人人得而誅之的存在。

安然認爲擁有如此強大能力的術士，絕不是路邊隨處可見的大白菜。既然如此，這個驅使嬰孩鬼魂進行殺戮，而且手下邪靈氣息讓安然感到熟悉不已的術士，說不定正是唐銘等人正在尋找的那名紅衣女童的主人！

所以，洪爺＝邪惡術士!?

想到這裡，安然立即不淡定了。

先前他把人家的得力助手（紅衣女童）毀掉，現在又阻礙了他的計畫，只怕對方已恨不得把他大卸八塊了吧？

而安然也沒有忘記，洪爺之所以命令邪靈殺掉黑貓，便是爲了拿取貓血潑往林家大門的石獅，至於原因爲何，安然覺得不會只是臭屁孩惡作劇這麼無聊。以那個人的狠辣手段來看，顯然林家在不自知時，已招惹到不得了的敵人了！

林家很強大沒錯，可是術士是林家不熟悉的領域，對上時難免吃虧。現在林陽與林俊昏迷不醒，也不知是否爲洪爺的傑作。抓捕此人一事刻不容緩，也沒有時間讓林家去找幫手了，因此安然只得把希望寄託在唐銘身上。

唐銘聽到安然的描述後十分意外，一時不知該說什麼。想不到安然只是與林家兄弟到北京拜年認親，竟然還能惹上那麼大的麻煩。該說他與那個邪惡術士特別有緣嗎？

對於安然猜測洪爺便是驅使紅衣女童的邪惡術士，唐銘認爲這個猜測不無可信。畢竟術士修煉邪術必須有獲得怨氣的渠道，以及弄出人命時能順利遮掩的方法。而販賣器官、把活人大卸八塊什麼的勾當，簡直是爲了這種術士而設。既能利用亡靈的怨氣進行修煉，屍體還能「廢物利用」，獲得一筆不菲的收人——畢竟現實生活中，術士也是要吃飯的。

唐銘曾說過，安然雙眼的能力涉及一段因果；而命運總是讓青年頻頻對上洪爺，唐銘不用推算，也猜得出這段因果還涉及了誰。

雖然論實力，那個術士絕對能甩出安然幾條街，但唐銘其實並不太擔心。畢竟每一次這兩人對上，倒楣的人都是那個術士……

安然絕對是把他剋得死死的吧？

安然並不知道在電話另一端唐銘的想法，要是知道，他一定會欲哭無淚地告訴唐銘，如果可以，他一點都不想招惹那個人啊！

當大BOSS的擋路石什麼的，想想便覺得不會有什麼好下場！

想到一會兒林鋒他們還要去抓人，安然頓時對此事抱以十二萬分的重視，並把唐銘視作救命草，非常看重對方的意見：「唐師父，鋒哥他們正在調派人手，一會兒便會出發前往捉人。外公與阿俊至今依然昏迷未醒，你說，他們之所以昏迷，會不會是因爲那些貓血？畢竟黑貓感覺實在有點邪門……」

唐銘解釋：「中國風水學上相信黑貓能辟邪，然而古歐洲的人們卻認爲黑貓與巫術掛勾。可見隨著宗教不同，黑貓所代表的意義也不同。那名術士所用的應該是他們派的獨門祕術，因此我也不知道爲什麼要使用黑貓血，以及這個法術的功效。如果是想要用來對付林家，那麼弄髒石獅的確可說是下咒的第一步。」

「你可以檢查一下林家的楹柱、橫梁，以及某些特定方位。如果對方在向林家下咒，那幾處被動手腳的可能性最大。」說罷，唐銘便道出幾個方位，並表示會再幫安然推測一下，給出更詳盡的位置。

「那些黑貓放著不管沒關係嗎？是不是牠們讓外公他們病倒的？」安然問。

「應該不是。」唐銘解釋：「黑貓因爲有壓制邪物的天性，得以辟邪，因此經常出沒在陰氣較重的地方，才會造成大眾對黑貓不祥的認知。而黑貓靈魂較有靈性，我想之所以每次出事時都出現黑貓，是因爲牠們想要向你預告危險。從牠們讓你看到的幻象，也可以看出黑貓對你是抱持善意的。」

也就是說，黑貓因爲天性使然，所以即使被虐殺了，鬼魂也不容易黑化？

想到這裡，再回憶起曾遇過的那些沒有理智的厲鬼，安然不得不感慨，人不如貓啊……

「這個術士的實力很強，單靠普通人要抓他實在有些危險。雖然我在大陸有認識的術士，只是他目前離北京有些遠，而且他的能力……也許比不上那個人。所以安然，這次你要靠自己了。」

唐銘頓了頓，隨即安慰道：「不過你也不用太擔心，這術士用邪術修行有傷天和，即使再強大，難道還能逆天而行嗎？無論是紅衣女童，還是犯罪組織那次的事件，安然你都是因爲重重巧合才與這個術士對上，而這些巧合十分不尋常。說不定，眞的是上天想要藉你的手，來懲罰那個人呢？」

雖然唐銘的安慰未能有實質幫助，但安然聽完後仍覺得心裡好過了些，至少人在患得患失之際，有時也就只能求天了。這也是爲什麼，一些身患絕症的人總會加入宗教，即使對病情沒有實際上的幫助，至少在心靈上也能得到慰藉。

唐銘很有心，他除了告訴安然一些對付邪靈的小方法，讓青年能夠有所準備外，還要求安然傳給他林家四合院的平面圖，推測了一些比較容易出問題的位置。

安然依照唐銘的資料，還眞讓他在林家發現到一些奇怪的東西。林家眾人看著這些被清理出來的物件，臉色都黑得像炭一樣。只要想到自家被人偷偷放了那麼多東西，誰都無法擺出好臉色。

其中神色最難看的人就數泉叔，這些東西絕對是內奸所爲，身爲管理大宅的管家，泉叔對此難辭其咎。

不過找出了這些東西，使原本對邪術、詛咒等事半信半疑的林晟等人，對安然的信心大增。不知不覺間，安然在這次事件中，已超越了林鋒，成為林家眾人的主心骨。

安然把搜尋出來的東西拍了照片傳給唐銘，雖然唐銘與敵人門派不同，但還是大約能看出這些東西的用途。他要青年把能燒掉的東西立即燒燬；不能燒掉的，如一些刻劃在橫梁的雕刻等，便先用紅紙蓋住，事後再聯絡專人過來處理。

另外唐銘還讓安然把眾人的生辰八字交給他，經他推算後，最後選出連同林鋒與白樺在內的五人。這五人的命格皆不容易受邪物影響，當中以林鋒最甚，而白樺次之。

至於其他剩下的保鑣也許同樣身手不凡，但面對術法卻完全沒有還擊之力，極易被邪靈迷惑，跟著去只會扯後腿。

聽到唐銘的解釋，安然看著林鋒的眼神簡直像看天神一樣。想不到鋒哥不僅在人類之中打遍天下無敵手，遇上鬼魂還能這麼霸氣！

因為很多事情都被安然說中，現在眾人已對青年的安排深信不疑。雖然能派出去抓捕洪爺的人數不多，但想到對方只有一人，而林鋒他們對自己的武力值很有自信，因此便沒有疑慮地採納安然的意見了。

安然看著林鋒等人收拾裝備，一整袋的槍支彈藥、匕首和手榴彈……看得他眼花撩亂、膽戰心驚。

對於林家土豪的一面，安然今天總算是見識到了。這家人的收藏不是琳琅滿目的名牌衣飾、珠寶古董，而是一堆誇張至極的違禁品！

看著林鋒他們的裝備，再看看自己準備的小東西……安然覺得自家裝備比較起來實在有點遜……

眾人準備一番後，由唐銘挑選的五人便與安然一起前往洪爺的租屋處。

原本林鋒還想帶著陳威一起去，只是陳威卻死活不肯。林鋒見他如此反抗，便打消了要他同行的念頭。畢竟他們已經知道屋子所在，他跟著去的用處不大。

而且陳威自從被抓住後便一直喃喃自語，看起來就像驚弓之鳥。在林鋒他們眼裡，此刻的陳威簡直像個神經病，完全不見一開始的精明模樣。只有安然能看到，十多隻黑貓一直糾纏在男子身邊，一雙雙幽幽綠眸看得人心生寒意。

得知陳威如願留在林宅時，安然不禁向他投以羨慕的目光。他也好想留在安全的地方啊……

林鋒他們對上洪爺，這些非尋常等級的人打架，他這個凡人跟著去只會遭殃。要不是他那雙能見鬼的眼睛也許能對林鋒等人有所幫助，安然都想學陳威那樣耍賴，死活不肯跟過去啊！

□

當安然等人來到洪爺租住的磚屋時，太陽已漸漸下山。黃昏的陽光呈現溫暖的橙紅色，在眾人腳下拉出長長的影子。

只是此刻安然因爲要抓捕洪爺而緊張不已，心情受到影響，昏黃的夕光看在眼中完全不討喜，甚至在其映照下，屋子顯出幾分鬼影幢幢的陰森。

安然突然想起，他曾在犯罪組織的據點中看到過林昱的檔案，並且在事後得知那座廢棄工廠的前身，正是林昱曾待過的療養院。

豈不是說，那裡也是林昱自殺的地方嗎!?

既然如此，洪爺身爲犯罪組織首領，說不定會知道關於林昱的事！

安然因爲心中突然生起的想法而興奮不已，這個想法也許沒有任何根據，但他就是有種無法言喻的確信，覺得自己距離眞相又進了一步。

對眞相的渴望瞬間打破青年心中的恐懼與退卻，眼神逐漸變得堅定起來。

林昱當年的悲劇是很多人心裡的遺憾，它甚至改變了林昕與安然的一生。安然希望能把事情查個水落石出，不只爲了林陽這些在世之人，也爲了能讓死者安息。

洪爺租住的屋子位置比較偏僻，所在的老胡同四通八達，是一處龍蛇混雜的地方，天子腳下的三不管之地。

除了安然和外表深具欺騙性的白樺外，林鋒等人一看便知很不好惹。住在這一區的人都是社會的低層分子，即使是小孩，也練就了一雙視人的火眼金睛，因此沒人敢在老虎嘴上捋虎鬚，一行人順利地來到了目的地。

屋子應該已有多年歷史，看起來非常破舊。屋內並沒有其他人在，倒是省了安然等人不少麻煩。

率先進入屋內的人是林鋒。原本以身分地位來說，身爲前鋒的人絕不該是林鋒這位林家二少爺；只是林鋒藝高人膽大，加上身手比眾保鑣還要好，且不是第一次領導他們參與危險任務，每次都身先事卒地領在前頭。

這些保鑣仰慕二少爺的身手，也承認他的領導地位。因此當林鋒拿出手槍上前時，眾人都對他走在前頭一事沒表示任何意見。

安然也被分配到一把小手槍。對於安然這個小老百姓來說，光是拿著手槍便足以讓他膽戰心驚了。雖然手槍設有多重保險，但他還是一直害怕走火，小心翼翼地不讓槍口對著自己與同伴。

與林鋒實力相當的白樺，卻遠沒有林鋒積極，與安然一起留在了隊伍後方。他只待林家把洪爺抓到審問一番後，便可以把人抓捕歸案，所以在此以前並沒有他什麼事。

之所以跟著一起來，也只是走個過場，順道看住林鋒，不要讓他一不小心便把人打死了……

因為陳威手上握有洪爺家的鑰匙，並且二話不說便交給他們，因此眾人並沒有如原本安然所想般很帥氣地破門而入，而是用鑰匙靜悄悄地開了門。

不知爲何，這種偷偷用鑰匙開門的動作，加上眾人拿著手槍、一副衝鋒隊的裝扮，看起來還滿有喜感的。

門鎖被打開的瞬間，林鋒等人迅速進入屋內，並很有默契地把槍口對準各個方位，以防被人偷襲。

屋內沒有開燈，雖然有些昏暗但仍能視物。也不知道洪爺是怎麼想的，裡面沒有什麼家具，空洞得彷彿已很久沒有人居住。

林鋒等人很快便發現屋內沒有其他人的氣息，不禁面面相覷。早在抓捕到陳威時，林鋒便已派人先行到這棟屋子附近監視。負責監視的手下可是親眼看著洪爺走了進去，然而現在人卻平空消失了！

見客廳沒有異狀，林鋒這才做了個手勢，讓受到重點保護的安然進來。

其實林鋒並不希望安然置身危險中，可是對方想要幫忙的決心很堅定，而且對於那些奇奇怪怪的事，還眞得倚仗青年，因此只能盡可能保障他的安全。

雖然林鋒不喜歡白樺這頭狡猾又難以對付的狐狸，但不得不承認此人實力很強，而且人品也有保證。身爲敵人時是令人頭痛的對手，但作爲同伴，卻是個能夠信任、可以把背後交給他的戰友。

因此先前在談條件時，林鋒稍微退讓了些，條件是讓白樺負責安然的安全。

此時林鋒他們已探查完屋內，知道裡面暫時沒有危險，因此安然與白樺進入屋內時並沒有過於警戒。然而當所有人都進入後，原本敞開的大門突然無風自動，「砰」的一聲自動關上了！

安然受到驚嚇，差點嚇得開槍。反應過來後，便想上前查看大門的狀況，卻被身旁的白樺拉住，並且被對方護在身後。

此時兩名保鑣也前往大門查看。安然感覺到林鋒與白樺不贊同的視線，這才想起不久前才答應他們，說自己絕不逞強犯險，不禁向對方心虛地討好笑了笑。

大門不僅無風自動地關上，甚至還自動上了鎖，兩名保鑣用盡辦法都無法打開門。當他們想強行砸破大門時，安然卻出言道：「放棄吧。大門被人施了法，我們已經出不去了。」

安然看見一道黑影盤踞在大門上，每當保鑣嘗試打開門，這道黑影便張牙舞爪起來，並生出不少細小的鬚根纏上兩名保鑣的手臂。雖然這些鬚根看起來暫未對保鑣造成任何影響，但安然有種不祥的預感，覺得這東西還是少碰爲妙。

見林鋒聞言皺起了眉，白樺笑道：「聽安然的吧，反正這種高度根本困不住我們，要離開的話，從天窗走就好。」

安然目瞪口呆地看著白樺一臉輕鬆地說出跳樓宣言，而且林鋒還同意了！

所以等下發生什麼事必須撤退的話，他們要從將近二樓的高度往下跳嗎!?

這足足一層樓的高度耶！雖然應該摔不死人，但摔斷腿什麼的還是有可能的！

還來不及爲這個想法震驚，只見屋內氣氛不知何時變得怪異，空氣黏稠，眾人的動作也遲緩起來。

唔唔唔！好討厭！又是這種感覺！

安然憑經驗知道有東西要出來了，想著這次要先下手爲強，便走到之前在幻覺中看見過、黑貓被嬰靈殺死的房間，打開門走了進去。這房間已被陳威的手下打掃乾淨，誰能想到這裡在不久前進行過一場恐怖的虐殺呢？

空無一人的房間中，傳來陣陣嬰兒的啼哭聲。那咿咿呀呀屬於嬰兒的哭泣聲，平時聽起來也許會覺得很可愛，但現在安然卻只覺得毛骨悚然。

見身旁的白樺等人都變了臉色，顯然這哭聲不只他，其他人也能聽見。

果然，這也是能力強大到普通人都能看見的怨靈嗎？還眞是棘手！

「小心房間四角！」安然舉起手槍，槍口指著天花板其中一處角落。他清楚記得當時那些嬰靈便是從天花板四個角落中現身，可惜他這副耍帥模樣維持不到三秒，便被人從房間裡拖走了。

好吧……他就是個戰鬥力只有五的渣，就不留在房間裡礙事了！

異眼房東の日常生活

第七章・嬰靈

安然才剛被人擠出房間，便見四個嬰靈從他所指示的角落現身。

雖然有了安然的提醒，可是看到四個嬰兒鬼魂出現時，林鋒等人還是大吃一驚，尤其是三名林家保鑣，這是他們第一次遇到如此詭異的狀況。這幾名在槍林彈雨中也能神態自若的保鑣，面對邪靈時的表現卻連安然都不如，嚇得差點連手槍都丟了下來！

不過安然完全沒有笑話他們的意思，畢竟任誰第一次見鬼，而且還是邪靈這種升級版，沒有立刻逃走已經算很了不起了。

這是安然在現實中初次對上祂們，青年打量著在天花板上爬行的嬰靈，只見祂們沒有皮膚，暴露在空氣中的肌肉呈現詭異的灰紫色，肌肉上青黑色的血管清晰可見。

嬰靈的眼睛沒有一般嬰孩的靈動，取而代之的是泛著死亡的灰白。看起來應該很可愛、大大的雙眼，因爲沒有了皮膚而陷在血肉中，呆滯地流露出死亡氣息。被這雙沒有感情的眼睛盯著，無不感到通體生寒。

而這些嬰靈與普通嬰兒最爲不同之處，便是祂們全都長著尖銳的牙齒。這些

尖牙絕非屬於人類所有，看起來反倒有點像鯊魚牙齒，尖端還泛著金屬般幽幽的冷光，沒有人會懷疑它的強大殺傷力。

隨即安然的視線便被嬰靈的小手吸引，只見祂們十隻指頭都生出了尖銳的指甲。嬰靈便是利用這指甲插入牆壁上，無視地心引力地在牆壁上爬行。這些指甲雖然不是很長，但顯然夠銳利、堅固，連水泥牆都能插入，要刺穿人體就更加不在話下了。

安然就曾親眼見過，這些小小嬰靈是如何利用利齒與尖爪，將黑貓撕裂剝皮。

嬰靈無法站起來奔跑，與普通嬰兒一樣只能爬行，但卻爬得非常迅速。只見祂們小小的身影牢牢附在天花板上快速爬行，雖然此刻情勢一觸即發，但安然腦海卻不由自主地將嬰靈與某種被暱稱爲「小強」的生物劃上等號……

保鑣們拿著手槍瞄準在天花板上快速爬行的嬰靈，簡直就像一群大媽拿著拖鞋瞄準爬行中的小強，這畫面怎樣看都有著強烈的既視感！

相較於還有閒情逸致胡思亂想的安然，初次遇到這種景象的保鑣們幾乎以爲自己變得不正常了！

他們看到什麼!?一群剝了皮的嬰兒在天花板上爬來爬去……說出來誰都以爲他們是神經病！

就在一眾保鑣因初次見鬼而驚駭不已時，其中一個嬰靈尖叫了聲，率先撲向身下的其中一名保鑣！

保鑣原本就因嬰靈的出現而大受震撼，對方從上方迎面撲下更有著很大的壓迫感，想都沒想便朝嬰靈開了一槍！

子彈穿過嬰靈、射中了對方身後的天花板，然而這還沒完，房間面積不大，開槍很容易造成反彈；很不幸地，保鑣這一槍便是如此，子彈反射回來，擦傷了他的手臂。

嬰靈被子彈擊中的瞬間模糊了身影，隨即像被嚇到般躍回天花板上。祂們似乎與紅衣女童一樣，雖然無法以子彈殺死，但子彈所產生的聲響與衝擊力仍能對祂們造成某程度的傷害，讓祂們有所忌憚。

即使如此，這也只能暫時嚇退祂們，無法徹底消滅。何況嬰靈速度很快，要射中本就不容易，在這麼狹窄的環境下，還要顧慮子彈反彈的危險，眾人根本不敢隨意開槍，那個被子彈擦傷手臂的同伴便是最佳的例子！

那保鑣也眞倒楣，不僅因自己的失誤莫名其妙受了傷，不知是否因爲血腥味誘發了嬰靈的嗜血性，還是見他受傷後動作較爲遲緩，祂們不約而同地集中攻擊他，張牙舞爪地直往他身上撲！

跟隨林鋒他們而來的保鑣，全是林家的菁英團隊。經過最初看到嬰靈時的震撼，現在已能在臨敵時迅速做出反應。爲免開槍造成流彈，眾人拔出匕首揮向身處半空中的嬰靈。然而嬰靈張口一咬，那宛如鯊魚般的尖牙竟一口便把合金做的匕首咬斷！

其中一名保鑣的反應相當快，立即把手中斷掉的匕首插往嬰靈身上，只是這攻擊卻無法造成傷害，他愣了下，動作頓了一頓。

嬰靈趁勢利爪一揮，保鑣身上立即多了道血淋淋的傷口，但隨即身旁傳來一陣勁風，隨著破空之聲，眼前嬰靈倏地化成天邊流星，視線中只留下一個把嬰靈擊飛的拳頭……

是的，拳頭！這嬰靈被林鋒一拳擊飛了！

開什麼玩笑!?剛剛連合金做的匕首也瞬間被嬰靈「喀嚓」掉了，你這拳頭到底是什麼構造？

被安然等人那種「我和我的小夥伴們都驚呆了」的目光注視下，林鋒卻是神態自若地轉身一個側踢，再次讓另一個嬰靈化成流星。

這些嬰靈被擊到牆上，身形消散了一瞬間，衝擊使祂們無法保持形態，也代表林鋒的攻擊對祂們造成了某程度的傷害。但此種怪力仍無法消滅祂們，嬰靈很快便再次凝聚成實體捲土重來，然後再次被林鋒擊飛後化爲流星……

安然突然覺得這些嬰靈有點可憐……

一旁的白樺還有閒情向安然講解：「林鋒之所以能用拳頭與嬰靈對戰，並不是因爲他的拳頭比合金還硬，而是他出拳時角度都拿捏得很好，每次拳頭落下的地方都避開了牙齒與利爪等位置。看！」

安然順著白樺的目光看去，只見一個嬰靈正朝林鋒撲去。林鋒一臉無畏地面對迎面撲來的嬰靈，揮拳擊出的拳頭劃出一道殘影，甚至還產生驚人的破空聲，把嬰靈再度擊飛，狠狠地！

所以……你想叫我看什麼？

我只看到一道道殘影啊……連拳頭也看不見！

安然深切感受到白樺爲什麼能獲得林鋒的承認，成爲他看得上眼的對手。只因他們的身體構造都異於常人，一個是拳頭，一個是眼睛！

有林鋒驚天地泣鬼神的擊拳，總算救下那名受傷保鑣的小命，甚至還轉移了嬰靈的仇恨值。只見嬰靈現在都集中攻擊林鋒，完全不理會那個保鑣了。

雖然沒了立即的危險，可是繼續這麼下去也不是辦法，不僅要抓捕的洪爺仍不見蹤影，還被嬰靈拖住腳步。雖然屋外四周都安排了人看守著，屋子簡直成了看守嚴密的囚牢，可是洪爺的手段卻不能以常理來猜想，要是被人逃走那就糟了。

林鋒雖能阻擋嬰靈的攻擊，可是終究無法造成太大傷害，而且這樣糾纏下去，總有力竭的時候。必須在此之前，想到解決這些嬰靈的方法才行！

有林鋒爲榜樣，其他保鑣也迅速找到了對付嬰靈的方法。這次眾人揮出七首時，全都刻意避開了嬰靈的牙齒與利爪，而且沒有使用刀鋒——畢竟刀鋒插入身體也殺不死祂們——反而用刀身把撲過來的嬰靈抽飛。

安然看得目瞪口呆，這些全都是神人啊……

隨即安然把視線移向唯一與自己一樣沒有參與戰鬥的白樺。只見白樺正一臉躍躍欲試，他感受到安然的視線，向青年勾起一個安撫的微笑，眼角那顆藍痣也彷彿因這美麗的笑容而變得熠熠生輝：「放心，我會留在你身邊保護你的。」

聽到白樺的話，安然一陣無奈，覺得自己簡直就像個累贅一樣。

青年拍了拍臉頰，壓下沮喪的心情，爲自己打打氣。既然林鋒允許他加入，那就證明他還是有用處的，現在要做的不是在這裡妄自菲薄，因自身的無力而悲嘆，而是應該想辦法發揮長處才對！

白樺看著迅速恢復了精神、眼神瞬間變得堅毅的安然，挑了挑眉，這正是他欣賞青年的地方。雖然對方沒有很出眾的能力，可是他總是很努力，而且想法正面，整個人滿滿的正能量，不會因爲能力不足而理所當然地躲在別人背後，享受他人的保護與幫助。

安然努力思索這些嬰靈的弱點，回憶著幻覺中，陳威把黑貓丟進房間後的每個細節，可是除了再次因記憶中的血腥而感到反胃外，他想不出任何有用的資訊。

不過奇怪的地方倒是有的，例如：這些嬰靈似乎特別在意貓皮？

黑貓的血肉都被留了下來，只有貓皮被吃掉了……

想到被嬰靈剝下的血淋淋貓皮，安然不禁想起對戰紅衣女童時，他們所找到的那張人皮。

安然靈光一閃，想到了一個可能性！

唐銘曾說過，每個術士都有自己的獨門祕技。有時看他們使用的法術，便能推測出所屬的門派。

也就是說，術士所使用的法術，都有其獨特之處！

那個術士驅使紅衣女童時，得使用她的人皮作媒介，那麼，他使用這些嬰靈時，是不是也得使用嬰兒的人皮!?

如果破壞這個媒介，說不定便能像紅衣女童那次一樣，消滅這些嬰靈了！

想到這裡，安然朝房間裡激戰的眾人喊道：「破壞房間的四角，看看牆壁裡有沒有藏著東西。如果有，破壞掉那些東西！」

安然這麼說是有原因的，如果這裡藏有法術的媒介，那麼嬰靈不斷現身的四個角落便很可疑了！

因此安然覺得絕對有嘗試一下的價值，反正猜錯了也沒什麼損失。

林鋒聽到安然的話後，沒有絲毫猶疑便朝其中一個角落開了槍。射嵌入牆壁中的子彈，頓時讓殘破不堪的水泥牆崩裂了一角，有一束表面寫滿咒文、似曾相識的東西露了出來。

其中一個嬰靈在子彈射中角落的瞬間，像發了瘋般立即往開槍的林鋒撲去。看到嬰靈的舉動，即使是不知道咒術媒介是什麼的保鏢們，也知道埋藏在牆角的絕對是對嬰靈十分重要的東西，立即趁嬰靈被林鋒牽制，紛紛衝上前，依照安然的指示毀壞天花板四角。

「砰」的一聲槍聲，位處房門位置的白樺向已露出一角的媒介開了一槍，將水泥完全擊碎，使陷在裡面的東西直直往下掉。

正所謂內行人看門道，外行人看熱鬧，在安然這個外行人眼中，他只是驚歎於林鋒與白樺出色的槍法，可是那些保鏢卻看到更多東西。與先前林鋒開槍時一樣，白樺這一槍的角度是經過計算的，即使出現反彈也不會擊中同伴。看似簡單，但其實需要高超的經驗與技巧。

這些保鑣不愧是林家的菁英，他們並沒有錯過眼前的大好機會，其中兩人阻擋瘋狂撲來的嬰靈，另一人朝掉下來的媒介衝去。分工合作之下，成功用匕首刺穿那東西！

媒介被破壞的瞬間，陷入瘋狂狀態的嬰靈發出一陣淒厲的號哭聲，身影迅速淡化，最終消散無蹤。

看到這方法能夠成功消滅嬰靈，眾人頓時精神一振，立即照方抓藥地使用相同方法，終於把祂們全數消滅。

當最後一個嬰靈被消滅後，一行人皆鬆了口氣，一直緊繃的心情終於放鬆下來，而那名受了傷的保鑣這才感受到傷口一陣一陣地抽痛著。

林鋒先檢視了下眾人的傷勢，這次除了第一個被流彈擦到手臂的倒楣鬼，還有一個保鑣被嬰靈的指甲抓傷。

被子彈擦傷的那名保鑣倒還好，傷口不算很大，就是出血較多，不過目前已經止住。反倒是被嬰靈抓傷的那名保鑣，傷口不僅血流不止，而且還泛起詭異的紫黑色。短短時間，傷口已開始化膿，甚至還能聞到淡淡的屍臭味！

「嬰靈的爪子有屍毒！」安然見狀，立即回想起唐銘曾說過的一些邪術常用的手段，這名保鑣的徵狀完全符合唐銘對屍毒的描述。

「屍毒？也對，那些嬰靈雖然是鬼魂實體化出來的，但都已死去很久了吧……既然能凝聚出實體，那祂們的爪子有屍毒也不足爲奇。」白樺曾有一段時間對解剖學很有興趣，一直纏著他們部門的法醫學了不少東西，自然對所謂的「屍毒」不陌生。其實說白了，就是在腐爛的屍骸中所含的生物鹼。

然而接下來安然的話，卻刷新了他對於「屍毒」的認知：「這是從邪物身上沾染到的屍毒，與一般屍毒有著本質的區別。聽說染上這種屍毒後，會從傷口開始發膿，隨之全身皮膚潰爛，到最後全身肌肉變得僵硬，失去人類應有的觸感，活活變成殭屍之類的邪物。」

聽到安然的話，被嬰靈抓傷的那名保鑣都快嚇哭了，而另一名因自己射出的子彈反彈而受傷的保鑣則慶幸不已。雖然受傷的原因有點丟臉，都稱得上是他職業生涯中的黑歷史了，但再怎樣也比變成殭屍來得好啊！

「有、有辦法解決嗎？」被抓傷的保鑣看著發黑的傷口緊張詢問，不知是不是心理因素作祟，他覺得傷口發黑的面積似乎向外擴散了些。

他該不會眞的會變成殭屍吧？

「唐銘說過，以生菜油清洗傷口便能阻止屍毒蔓延，至於要徹底清除，便要等唐銘他們過來了。」說罷，安然從背包取出一瓶生菜油：「幸好我早有準備！」

林鋒之前曾看過安然的背包，發現盡是一些奇奇怪怪、不明所以的東西，詢問後，安然說是唐銘讓他帶來的。雖然當時林鋒覺得這些東西派不上用場，但數量不是很多便不再理會，任由安然去折騰了，想不到現在還眞的用得著。

不過……生菜油？用這東西洗傷口，眞的可以嗎？

而且生菜油可以阻止屍毒蔓延，這是什麼原理!?

理智告訴他們油脂會讓細菌加速滋生，從而引起傷口感染。不久前才有篇新聞提到，一位母親利用土法在兒子燙傷的傷口上塗菜油，結果孩子傷口感染得了敗血病……用生菜油治療，眞的不會傷上加傷嗎？

然而現在也由不得他們懷疑了。目擊了嬰靈的存在，知道這世上還有很多他們所不知道的事，安然要他們用生菜油治傷，相較下還是比較能接受的。

生菜油倒在傷口上引來火辣辣的痛，只是這種程度的痛楚，對於這些訓練有素的保鑣來說也只是毛毛雨而已。當他看到傷口的紫黑色明顯退了一些，更是用匕首削去傷口上化膿的腐肉，面不改色地翻開傷口把油倒進去。

倒是一旁觀看整個過程的安然，看得臉都發白了。他本就特別怕看到傷口，現在見保鑣這種療傷手法，更是覺得自己也跟著痛了起來。光看臉色，讓人還以為安然才是受傷的那一個呢！

直到保鑣處理好傷口，並看到傷口流出正常的紅色鮮血後，眾人才鬆了口氣。因為受傷的部位並未太影響活動，兩名傷者仍有一戰之力，所以他們並沒有退出，而是決定繼續跟隨安然等人行動。

林鋒見部下沒有危險後，這才撿起掉落在地的咒術媒介。果然如安然推測般，是一些與記憶中很類似、紋滿咒文的人皮。只是與紅衣女童那次相比，這幾張人皮明顯小了許多。

安然一臉不忍地問道：「這是小嬰兒的人皮？」

相較於安然他們，白樺對檢視屍體有經驗得多。他查看了下後，嘆息著點了點頭。

雖然那些嬰靈既凶猛又醜陋，可是一想到這些邪惡的靈體，曾經也是天眞可愛的小嬰兒，便讓人覺得祂們可憐又可悲。即使是那名被嬰靈抓傷的保鑣，也無法眞正記恨祂們。

安然收好這些人皮，打算事後交給唐銘研究，並且讓他爲這些可憐的孩子做一場法事，也算是盡了自己的心意。

異眼房東の日常生活

第八章・神祕掛畫

眾人並沒有因爲遇上凶猛的邪靈而心生退意，反而在解決嬰靈後，更加深了抓捕洪爺的決心。

這人連嬰兒也不放過，已經到了喪盡天良的地步。只要稍有人性的人，都做不出這種把嬰兒煉成邪靈的事。林鋒他們可不想放過這種恐怖分子，不然不知還會有多少孩童受害。

「走吧！再找找別的地方。」林鋒道。

這棟老舊的房子面積並不大，尤其在沒有多少家具的情況下，根本藏不了人。眾人很快便再次搜查了一圈，卻沒有發現到洪爺的身影。

林鋒向守在屋外的手下再三確定，證實洪爺進入屋子後便沒有離開，於是他們困惑了。

「會不會那個人已經離開了？他連嬰靈也能弄出來，說不定還有其他手段，鬼遮眼什麼的。」其中一名保鑣說道。

安然卻不認同：「再找找吧。我總覺得……那個人還在屋內。雖然不知道爲什麼有這種感覺，但這是難得的機會，我不想這麼快放棄。」

聽到安然的話，林鋒拍了拍青年的肩膀，道：「嗯，再找找看吧！」

既然林鋒發話了，保鑣們也沒有其他意見。於是眾人便分散開來，努力尋找著任何蛛絲馬跡。

這間殘舊的磚屋並沒有安裝暖氣，太陽下山後，氣溫更是頓時驟降，安然覺得手腳冰冷得像不屬於自己的。

他朝手心呼了口氣，試圖讓雙手暖和起來，看到白樺站在客廳牆壁上的一幅掛畫下，抬頭看著，便上前詢問：「怎麼了？這畫有什麼不對嗎？」

這是一幅十分破舊、看起來年代久遠的掛畫，畫上是一位穿著小鳳仙裝的女子。女子坐在酸枝椅上，雙手捧著一個精美的木盒。

室內擺設並不多，而且這幅畫掛在最顯眼之處，安然進入屋內時，首先看到的便是它。想到洪爺沒擺放什麼家具的簡約風格，安然主觀認爲這畫不是屬於老人的，是屋主留下來的東西。

「我起初以爲這畫是屋主遺留下來，並不是洪爺的東西。」白樺並沒有立即回答安然的問題，而是說出自己一開始對這幅畫的觀感。

「對啊！我也是這麼想，難道不對嗎？」

白樺把掛畫移開了一些，指了指露出的牆壁：「掛畫如果是屋主留下來的，以這畫老舊的程度來看，掛在這裡至少也有十年了。可是掛畫背後的牆壁卻完全沒有留下絲毫痕跡。如果這畫眞的一直掛在這裡，那麼畫背後的牆面應該會明顯比其他地方來得潔白才對。」

聽到白樺的解釋，安然這才醒悟過來。的確，屋裡的牆壁原本應該是白色的，但因污損與老化而變成了米黃色。牆上被掛畫遮蓋的位置，卻看不出與其他地方有所差異。也就是說，這幅掛畫是在洪爺搬來後才掛上的。

如果這幅畫是洪爺的，那麼它便不簡單了。據陳威說，洪爺在這裡少說也住了數個月，可是屋內卻感受不到絲毫生活氣息，就連家具都少得可憐，卻反而有閒情逸致掛一幅畫來裝飾？

這幅掛畫要不是洪爺特別喜歡，就是對他來說很重要的東西，因此才會掛在屋子裡。

想到這裡，安然也饒有趣味地觀察這幅畫。反正屋子裡裡外外都搜查過，什麼線索都沒找出來，而這掛畫怎樣看都比較特別，安然決定在它身上多花點心思，說不定還眞能讓他從中看出什麼呢。

結果細看下來，還眞的讓他發現到奇怪之處。

畫中女子雙手捧著的木盒，上面雕刻著的花紋給青年一種熟悉的感覺。掛畫因爲已太老舊而有些掉色，使木盒上的圖紋顯得模糊不清。可是安然仍能勉強認出這些看起來很古雅的花紋，與紋在紅衣女童人皮，以及剛剛看到的嬰靈媒介上的咒文非常相像！

他立即把這個發現告訴白樺，然而對方卻一臉疑惑地說道：「不像吧……這只是一些很普通的幾何圖形。」

安然聞言，再看向畫中的木盒，卻見盒上明明雕刻著一些類似文字的咒文。

難道這些咒文只有我看得見嗎？

安然立即想起自己那雙能夠看見怪東西的眼睛，頓時雙目一亮，覺得找到了方向！

如果這些咒文（？）只有他能看見，那不就間接證明這幅畫果然藏有玄機？

想到這裡，安然更是仔細打量畫中的每個角落，最終視線再度回到畫中女人所拿著的木盒上。

他幾乎可以肯定，這個木盒便是其中關鍵，偏偏他卻完全不懂那些咒紋是什麼意思，只能眼巴巴看著木盒乾著急。

木盒……

盒子，是一種盛物器具，代表著內藏一些東西的意思？

看著這個木盒，便不禁生出想要打開它的欲望呢！

如果可以把這木盒拿出來，看看裡面藏著什麼東西就好了。

安然剛浮起這想法，便見畫中的木盒竟然不見了！

明明他的眼睛一直盯著掛畫，但只是眨眼間，畫中木盒便突然消失。安然被這突如其來的狀況嚇了一跳，心臟怦怦亂跳好一會兒才冷靜下來。目光下意識往掛畫其他處看去，想要尋找木盒是否出現在掛畫別處。

結果這一看還真不得了，安然發現原本在畫中低眉淺笑的女子，正抬起了臉龐，面無表情地盯著他看……

「啊——」安然迎上畫中人的視線，不禁驚呼出聲，並反應很大地踉蹌後退！

「安然，怎麼了!?」

除了在他身旁的白樺，就連在屋內四處查探的林鋒等人也立即衝到安然身邊，一臉警戒地四處張望。

見到眾人擔憂的神情，安然心頭一暖，雖然因爲自己剛剛誇張的反應而有些尷尬，但還是立即把掛畫的異變告訴大家。即使現在掛畫的變化看起來無害，但只要一想到這東西也許是屬於洪爺的，安然便完全不敢掉以輕心。

「你確定先前畫中的女人是低頭看著手中的……盒子？」林鋒並沒有細看掛畫，這時看著眼前尋常的圖畫，實在難以想像剛才發生了這麼詭異的事。

現在畫中女人依舊坐在一張酸枝椅上，原本捧著木盒的雙手變成交叉疊放於膝；低眉淺笑的模樣也變了，變成微側著腦袋，面無表情地看向青年所在之處。

掛畫雖然已很殘舊，可是畫中女子卻依然活靈活現。原先看著她嘴角勾起的微笑模樣，安然也能感受到畫中人愉悅的心情。而現在，女子面無表情的臉孔給人一種無形的壓力，再結合方才怪異的變化，安然怎樣看都覺得十分詭異！

他受不了被畫中人一直盯著，往旁邊移開幾步，想避開畫中女子的視線。然而畫中人物雖未再有任何變動，但安然卻覺得無論他走到哪個位置，畫中女子的視線依舊緊盯著他不放。

這畫簡直比《蒙娜麗莎的微笑》還靈異，也許可以賣一個好價錢喔！哈哈哈！吼！被這麼盯著看，完全笑不出來啊！（怒）

被畫中人盯得超緊張的安然，雖然心中的小人又是神經質大笑、又是生猛無比地掀桌，可是現實中，他卻像被蛇盯著的青蛙般，整個人僵硬得堪比石頭了。

總覺得，我好像不自覺地升起不得了的FLAG啊……

千萬不要是死亡FLAG才好！

這種無處可躲的視線凌遲實在太恐怖，安然強逼自己忽略它，把注意力投放在其他事物上。當他的視線從女子身上偏離、掃過女子坐著的椅背時，青年卻又有了新發現。

話說這張酸枝椅的款式，略眼熟耶……

安然霍地轉身，看向身後那張屋子裡唯一的酸枝椅，驚見椅子上有著一個與畫中一模一樣的木盒！

伸出顫抖著的手指，安然指向木盒，問：「這、這個木盒……先前一直在這裡嗎？」

「不，先前查看屋內時，肯定沒有這個木盒。」其中一名保鑣一臉驚訝、語氣卻很肯定地說著，頓時引起眾人附和。

白樺在安然緊張的注視下拿起木盒；見對方拿起後沒有發生什麼怪事，安然這才發現自己剛剛緊張得都忘記呼吸了。

聽到旁邊明顯憋住了好一會兒，然後才再次發出的呼吸聲，白樺好笑地問道：「有這麼緊張嗎？看起來只是個很平常的木盒吧？」

「緊張！怎會不緊張？我剛剛還在想，會不會有什麼妖魔鬼怪從木盒中撲出來，大喊一聲『surprise』！」放鬆以後，安然也有了說笑的心情。但一想到也不知道盒內藏著什麼，還有洪爺仍逍遙法外，安然剛勾起的笑容便再次黯淡下來：「這木盒是從掛畫裡出來的吧？眞是不可思議，也不知道能不能從它身上找到洪爺去向的線索。」

「你的意思是這木盒是掛畫中畫著的那一個？可是它明顯與畫中木盒款式不同，除了鎖的模樣相同外，這雕刻絕對是天壤之別。畫中的木盒，只是被簡單地雕了些幾何圖形……」說到這裡，白樺這才想起安然好像曾說過，他們兩人所看到的木盒似乎有所差異？

安然解釋：「我在掛畫中看到的木盒一直都是這個樣子，盒面刻著奇怪的咒文，中間是一個魚形鎖……雖然我不確定現在這個木盒是否眞是從畫中出來的，要是眞的話還眞不得了！」

見白樺把木盒拿起來擺弄了這麼久也沒出現狀況，安然便有了觸碰它的勇氣；接過白樺遞來的木盒，上上下下地翻動研究著，道：「這咒文不知道代表什麼，還有這個鎖……」

此時一名保鑣插話，正是那個一開始便被流彈射中的倒楣鬼：「這個我知道，木盒上的是魚鎖，很多舊式盒子的鎖都是這種款式。因爲睜著眼睛睡覺的魚兒夜不閉目，因此古時候人們做鎖時喜歡用魚的造型，寓意爲時時看守。」

聽到對方的話，原本正興致勃勃研究著的安然，頓時鬥志大減：「所以這是很尋常的款式，只是普通的鎖囉？」

「這麼下去也研究不出什麼。」一直默不作聲、任由安然等人折騰的林鋒，終於發話了：「把這個木盒砸了吧！」

鋒哥的行動永遠是那麼暴力直接！

啊啊啊實在太霸氣了！

請務必收下我的膝蓋！

雖然安然很怕砸破木盒後，眞的跑出什麼妖魔鬼怪，不過現在也沒有其他更好的辦法。

屋內有沒有其他人簡直一目了然，而這木盒出現得如此怪異，說不定眞藏有洪爺去向的線索，再不然也有著其他祕密。

其他人雖然也對破壞木盒一事有點猶豫，但實在想不出更好的辦法了。而且剛剛被嬰靈嚇得夠嗆的，眾人早已憋了一肚子火。雖然現在找不到洪爺本人，可是對他的木盒下毒手、消消氣也是好的。

因此負責砸破木盒這個原本在安然眼中高風險的苦差事，竟還引起了保鑣們踴躍報名，最後還得用猜拳來定勝負。

最終猜拳勝出的人正是那位流彈哥，有鑑於他的倒楣屬性，安然在他準備下手時，忍不住一直往後退，直至退到牆壁處才停止，就怕被殃及池魚。

因爲木盒本身已殘舊得看起來一捏就碎的模樣，本著「殺雞焉用牛刀」的想法，那保鑣隨即在屋裡挑選了一個厚實的紙鎮，拿起便往木盒砸。果然不費什麼工夫，便把木盒砸出一道大裂縫。

木盒破裂後，魚鎖便鎖不住了，保鑣見狀，順勢打開木盒。只見一股灰黑色煙霧彷彿有自主意識般，爭先恐後地從木盒冒出，並迅速充斥屋中每個角落！

「安然，小心這煙霧！閉住呼吸！」在煙霧冒出的瞬間，無論是林鋒等人還是白樺，都迅速做出反應，立即停止了呼吸。然而安然卻沒有這種危機意識，雖然林鋒在閉氣的同時不忘提醒，然而他還是吸了一口煙霧，頓時覺得四肢發軟，意識逐漸變得模糊不清。

更要命的是，身後有隻手突然伸了出來，攔腰就把他往後拉！

安然吃了一驚，可惜吸入煙霧後已發不出聲音來，對方還很小心地摀住他的嘴，確保他無法出聲求救。

我的身後……不是牆壁嗎……

這是安然那因為煙霧而變得遲鈍的腦袋，在陷入黑暗前最後生起的念頭。

□

當安然重新恢復意識後，立即因陣陣暈眩的不適感而發出痛苦的呻吟。他動了動發軟的四肢，才發現手腳都被束縛住，只能無助地躺在冰冷的地上。

雖然眼睛沒被蒙住，可是卻因暈眩而雙目發黑，過了好一會兒才緩過氣來，環視四周的環境。

此刻，安然正身處於昏暗的密室中。密室有座大型神壇，除了神壇上燃燒著的蠟燭燭光，室內便再也沒有其他光源。

背後傳來「沙沙」的聲音，手腳不自由的安然費了點勁才翻過身子，赫然看到一名老人正單膝跪在他身後，拿著一隻毛筆在地面似乎在寫些什麼。在神壇微弱的燭光下，安然只見老人寫著一個個潦草的文字；這文字的形狀安然很熟悉，正是邪術媒介的人皮和木盒上的咒文！

想到這些是咒文後，安然便猜測那些散發著獨特氣味的紅色墨水，應該是朱砂之類的東西吧？

老人完全不理會躺在地上的安然，即使看到青年轉身看向自己，仍舊頭也不抬地逕自書寫著。

安然曾看過洪爺的照片，因此很快便認出眼前這人正是他們此行要抓捕的目標。只是現在卻角色對調，自己反而成了對方的階下囚，想想還真諷刺。

無論怎樣看，這些寫在地上的咒文絕不是好東西。安然有預感，當洪爺寫完這些咒文時，便是他倒楣的時候了。

「你是誰？這是哪裡？」安然明知故問，想試圖從與洪爺的交流中獲取有用的訊息。

然而老人卻全然不理會，簡直就像沒有聽見般，繼續自顧自書寫著，就連安然後來的大叫大嚷，也視若無睹。

突然喊得沒力氣後，終於喘吁吁地停了下來，心裡滿是無奈。劇情不對啊！這時候BOSS不是應該得意自滿地解釋來龍去脈，讓受害者緩過來後，有足夠的時間破壞他的好事？

他現在完全不理我，我該怎樣拖延時間？

還我喜歡說話、會自動解釋來龍去脈的BOSS！

安然心裡哀號著現實與小說劇情果然有差距，而那位BOSS顯然是鐵了心不理會他。看著對方寫在地面上的咒文愈來愈多，自己逐漸被包圍起來，安然心裡既著急又不安，偏偏卻想不出脫困的辦法。

綁住四肢的繩索束得很緊，安然用盡方法仍無法掙脫。雖然看不見四肢的狀況，但從手腕與腳踝處傳來的火辣痛感看來，應該已因掙扎而被磨掉一層皮了。眼看著洪爺寫的咒文愈來愈多，將要形成一個圓形包圍住安然，突然傳來一陣強烈的震動，打斷了對方的動作。

「地、地震嗎!?」

香港鮮少發生地震，身為香港人，安然不清楚地震的實際情況是怎樣，所以現在感到房屋強烈地震動了下，便立即以爲是地震。

但洪爺卻知道地震並不是這種感覺，這震動與其說是地震，倒不如說是有人正用炸藥在破壞這棟房屋！

「可惡！竟然這麼快便恢復過來？要不是爲了留活口，當時應該要用毒霧才對！」

聽到老人的自言自語，安然很快便聯想到先前坑了他一把、讓他陷入這種困境的煙霧。

很明顯那些並不是尋常煙霧，一般煙霧可沒辦法這麼快便擴散開來，而且更沒有那種讓安然覺得毛骨悚然的不祥感。

幸好洪爺似乎是要活抓他，因此這煙霧只會使人麻痺昏迷。如果那些煙霧變成了致命毒霧，沒有立即閉氣的安然只怕已經死去了。

隨即安然察覺到，現在身處的這間密室，恐怕就是位在當時他背靠的牆壁後方，而那處牆壁則是密室的暗門。

這也是爲什麼當時他的背後明明是牆壁，卻莫名其妙能伸出隻手抓住他。那隻手，大概便是藏身在密室中洪爺的手。老人趁眾人被煙霧遮擋視線之際，打開密室的門將他拉進來。

那麼現在的震動，是否代表林鋒他們不僅沒有因煙霧而失去活動能力，而且還察覺到密室的存在，正在想辦法救他？

「我是安然！我在這裡！」想到這裡，安然立即不顧一切地大聲呼救。

安然不知道洪爺為什麼處心積慮地抓他，但從紅衣女童等亡靈的下場來看，他可以肯定落在此人手上，絕對會是件比死更難受的事！

只是安然的呼救聲，卻肯定傳不出去了。洪爺即使在青年因爲煙霧而渾身麻痺的狀態下，依然不忘將他手腳束縛住，也就說明老人是個謹慎的人。既然如此，洪爺沒有塞住安然的嘴巴、也沒有蒙住他雙眼，就說明現在做的事情不怕讓安然看，也不怕安然大聲叫嚷引來敵人。

果然，密室牆壁不知是什麼構造，明明看起來只是普通的水泥牆，安然好幾次都能聽到林鋒等人說話的聲音，但即使他喉嚨都快喊破了，對方卻依然完全聽不到他的求救聲。

更糟糕的是，林鋒他們用炸彈爆破（？）的聲音讓老人有所顧忌，更是加快了手上的動作。安然看著地面快要完成的咒文，頓時生出欲哭無淚之感。

異眼房東の日常生活

第九章・密室

就在安然忐忑不安地看著身體四周咒文愈來愈多之際，林鋒與白樺也正努力尋找他。

當煙霧從木盒飄出來時，林鋒的視線雖然被煙霧遮蔽，可是憑藉他敏銳的感官，還是立即察覺到安然的氣息消失了。

同樣擁有這種野獸般感官的還有白樺，兩人同時往安然消失的方向衝過去，偏偏那煙霧就像故意阻撓他們般，原本四散的狀態瞬間凝聚起來，濃濃地包圍住眾人，並且像有意識般往他們耳鼻內衝！

「撲通！」很快，保鑣接連耐不住煙霧的攻擊而軟倒在地。即使身體比常人強悍的林鋒，也開始覺得意識模糊，再這樣下去，暈倒是遲早的事。

就在林鋒手腳逐漸發軟之際，模糊的視線竟看到煙霧形成了一張人臉。此時他的腦袋已有些不清楚，也未細想是否自己眼花、煙霧爲何會變成人臉這些事，而是下意識朝這張由煙霧形成的人臉怒吼：「滾！」

如果此刻安然在這裡，便能看到在林鋒怒吼的瞬間，他一身強大的血氣猛地爆發出來。煙霧立即像碰到火焰的雪般，迅速消散無蹤！

煙霧散開後，林鋒終於支撐不住身體，軟軟地癱坐在地。環視四周，屋內至今仍能保持清醒的人，除了他便只有白樺了。

歇了好一會兒，待身上的痲痺散去大半後，林鋒率先站起，走到白樺身前伸出了手：「你現在感覺怎樣？」

「還可以。」白樺握著林鋒的手，藉著對方的力道起身：「安然不見了。」

林鋒點頭：「我懷疑屋內有密室，這樣才能解釋安然的失蹤。」

白樺聞言挑了挑眉：「這點我們一開始不就有所懷疑了嗎？屋裡要是眞設有密室，我們不可能察覺不到。」

不是白樺自負，只是這團隊除了安然這個只在特別領域有用、其餘時間都是跟著來扯後腿的傢伙之外，其他人都是菁英中的菁英。

先不提當中最強的林鋒與白樺，就是其他三名保鑣也不簡單，不可能過了這麼久，仍沒有一人發現屋裡藏有密室。

「這間屋子終究是術士的老巢，什麼事都可能發生。我們還是不要太相信自己的眼睛才好。」林鋒冷笑了聲：「那些不入流的鼠輩就只敢像老鼠一樣東躲西藏，淨是使些見不得光的手段。」

「你說得也有道理。何況那個術士即使有辦法瞞騙我們的眼睛，可是存在的東西終究是眞實存在的。眼睛信不過的話，我們便不倚仗眼睛了。」白樺輕笑著從保鑣的武器配件中，摸出了幾顆手榴彈。

所以，白樺表面的溫和都是假象，他的酷帥狂霸跩與林鋒相比，絕不遑多讓！

這也是爲什麼，在密室中的安然會感覺到震動了——都是手榴彈炸出來的！白樺這個做法也算歪打正著。鬼魂——尤其是邪靈，特別害怕火和巨大的聲響。因此有傳聞說，響雷能夠除萬邪。這也是當初紅衣女童會害怕白樺槍聲的原因。

雖然因爲煙霧的阻礙，兩人無法準確知道安然氣息最後消失的方位，可是大約位置還是知道的。於是白樺便毫不猶豫地往那個方向丟出一枚手榴彈。

手榴彈爆炸後，除了在牆壁炸出一個大洞，林鋒與白樺兩人還清楚看見手榴彈爆炸時，周邊牆壁上蕩起一圈圈波紋，就像在湖面投入石子般，泛起陣陣水波。

林鋒指著波紋的正中位置，道：「那裡！」

白樺看到了因爆炸而衝擊出來的波紋，同樣察覺到那處位置的不尋常，不待林鋒提醒，便已拔出手榴彈的保險栓，朝那處丟出第二枚手榴彈。

這次爆炸引起的異狀比先前明顯得多，兩人清楚看到整面牆都蕩起了一波又一波的波紋，如果說之前他們只是在平靜的湖泊中投入一枚小石子，那現在是在大海裡引起一場海嘯！

奇異的現象來得快、去得也快，當波紋完全消失後，那處牆又恢復原本的模樣，彷彿有面肉眼看不見的防護盾保護著，即使面臨手榴彈的轟炸也能絲毫無損。只是，原本看似完整的牆面，卻多了一條微不可見的細微狹縫。

狹縫實在非常細小，在殘舊且布滿污跡與裂紋的牆壁上更是毫不起眼，但還是沒有逃過林鋒與白樺兩人的火眼金睛。

「這裡有道暗門！」檢視了下這道狹縫後，白樺詢問：「還有一枚手榴彈，要用來砸門嗎？」

林鋒道：「不知道安然會不會就在門後，用手榴彈也許會傷到他。既然已經發現暗門，我們總能找到方法把打開門。那些煙霧並不致命，洪爺顯然是想活捉安然，短時間內他應該不會有危險。」

聽到林鋒的話，白樺便從善如流地應允下來。不過剩下的一枚手榴彈並沒有還給林鋒，而是很自然地笑納了。

林鋒見狀也不管他，其他幾名保鑣仍無法活動，接下來與他一起行動的人也只有白樺一人了。同伴的實力強大對他也有好處，何況區區一枚手榴彈，也不至於需要開口向白樺討回來。

□

此時被林鋒他們認爲一時半刻很安全的安然，卻是一點都不安然。

洪爺已停下了書寫的動作，此刻密室地板幾乎寫滿了咒文，這些紅色文字以安然爲圓心，將他密密麻麻包圍著。

雖然洪爺的精神比一般年輕人還好，看起來一點都不顯老態，可是蹲在地上寫了那麼久的字，還要邊唸著同樣的咒文，對他來說仍不怎麼輕鬆。

老人完成後，神情明顯萎靡下來，只是一雙眼睛卻因野心與貪婪而閃閃發亮。

洪爺看著安然的神情，簡直就像頭餓了很久的猛獸看著獵物般。安然不知道自己到底哪裡能讓對方如此執著，他只是一個普通人，要說他對林家的影響，也遠遠不如林勇他們，唯一的特別之處，便是能夠看見鬼魂……

想到這裡，安然突然覺得自己好像抓住了什麼，但想再細想，卻又沒頭緒。

洪爺走到神位前上了三炷香，神壇上供奉著一尊安然從未見過的六手神像；神像臉長猙獰，長有三眼，眼有重瞳，一張血盆大口大大張開，彷彿要把眾生靈魂撕裂吞噬。先不說洪爺這人作惡多端，從他的為人，便已能猜想到他信奉的絕不是好東西。光是看那神像散發出的邪惡氣息，安然便可推測這是個可怕的邪神。

這個想法，在看到洪爺上香後，還供奉了一杯看似鮮血的紅色液體時，更加確定了。

因為注意力被神像吸引，因此當神像突然輕微晃動，安然便立刻察覺到，即使那搖晃的力道幾乎微不可見。

同樣發現到此異動的洪爺冷笑了幾聲，道：「別著急，待我取得想要的東西後，你便沒有用處了，到時我自會好好招待你。」

因爲洪爺的視線一直投放在神像上，安然以爲對方這句話是朝神像說的，正心裡疑惑對方爲何如此不敬時，便發現老人看著的根本不是神像，而是被壓在神像底部的小小木盒。木盒上貼著一張符紙，看起來與唐銘用來封印小肉本的符紙有幾分相似。

這木盒裡封印著什麼嗎？

難道說剛剛神像在晃動，是因爲下面的木盒搖晃所致？

洪爺剛剛那飽含威脅的話雖然不多，但安然卻抓住了裡頭所含的驚人訊息！

洪爺的語氣彷彿在與人說話似的。也就是說，那壓在神像下的木盒裡，也許正封印著某個……鬼魂？

照剛剛話裡的內容來看，洪爺是想從我身上取得某樣東西。而他取得這東西後，那個人……或者準確來說是那個魂魄，便會變得沒有用處了。

而我只是個普通人，唯一的特殊之處便是能夠看見鬼魂。

小舅舅也與我有著同樣能力，並且死在療養院裡。而那間療養院，後來變成洪爺的犯罪組織，用來奪人性命的地方……

想到這裡，一個大膽的假設在安然心中逐漸成形。

「洪卓軒？」

「嗯？」老人聽到安然的呼喊，很自然地回頭應了一聲，隨即很快反應過來，冷哼了聲：「倒是不笨嘛！」

試探出眼前老人眞的是當年林昱的主治醫生洪卓軒時，安然完全不知該說什麼才好了。

所以說，林家眞的與這個人八字相沖嗎？

不只自己，就連林昱也和這人有所關聯!?

而且……

安然視線猛地看向神像下的小木盒。

如果洪爺眞的是洪卓軒，那這木盒所封印著的魂魄，很有可能就是林昱!?

然而安然才剛生起這想法，很快就被自己否定了。

畢竟青年不只一次看過林昱的鬼魂，要是他眞被洪卓軒鎮壓，哪還能這麼自由地到處亂走呢？

只是，那間療養院，以及主治醫生洪卓軒眞有問題，可說是板上釘釘了！

「你眞的是洪卓軒？林昱他……小舅舅他是不是你害死的!?」眞相就在自己眼前，安然瞬間忘記自身安危，滿心只想問出林昱的死亡眞相。

可惜洪爺……不！應該是洪卓軒才對……可惜他再次無視安然的詢問，逕自專心地進行著一連串儀式，最後一臉愼重地把神像手中握的一把長刀拿了下來。

神像體積不算大，那把握在神像手中、看起來小小的長刀，被洪卓軒拿起時卻成了一般長刀的大小。安然看著刀刃反射出的寒光，毫不懷疑這把刀劃在身上時所能造成的傷害。

他驚恐地看著洪卓軒用刀在他面前凌空比劃了兩下，一副在算計著該在何處下手的模樣。

「救命啊！殺人啦──」一直在地上裝死的安然再次掙扎起來，被束縛著的四肢無法活動，只能徒勞地扭動著，看起來就像在砧板上彈跳的活魚。

洪卓軒被青年突如其來發出的慘叫聲嚇了一跳，手一抖，刀便掉了下來，正好直直落在安然身邊地上，只差兩寸便要劃中青年的臉！

安然嚇得魂飛魄散，立即閉上嘴，就怕因慘叫而引發命案。

對方還沒出手宰他，他便已先行找死算什麼啊？

洪卓軒也被剛剛的失手嚇了一跳，他等了那麼久，終於快得到一直覬覦的東西，要是在此之前不小心把人弄死……開什麼玩笑!?

洪卓軒曾因爲這種失誤而多等了二十多年，相同錯誤他絕不再犯第二次！

老人撿起刀子，盯著因爲自己剛剛的失誤而嚇得渾身僵硬的青年，忍不住把這張臉與二十多年前那張非常相似的臉龐重疊在一起。

林昱，當年你從我手上逃走，一定想不到你這麼一逃，卻禍及了自己親人吧？

該是我的，終究會屬於我！

至於害我多等了二十多年的這筆帳，我事後一定會好好與你清算。

要不是爲了得到那能力，需要用你們的生魂來作獻祭，我才不會把你的魂魄保存到現在。

你以爲死了便能逃離我嗎？我會告訴你，死亡並不是終結，魂魄所受的折磨才是眞正的煉獄！

洪卓軒臉上浮起殘忍的笑容，看準要下手的地方後，便手起刀落地將刀子戳往安然的雙目！

在危機的威脅下，安然的反射神經比平時更爲敏捷，用盡全力往旁翻身，成功讓他躲過洪卓軒迎面的一擊。

可惜手腳無法自由活動的安然，在洪卓軒眼中只是隻秋後的蚱蜢，絕對蹦跳不了多久。洪卓軒伸手把他拉回，這次老人下手時按住了青年的肩膀，輕易制住他的掙扎。

被限制住活動力的安然，見無法避過朝自己雙目戳來的刀子，只得無力閉上雙眼，絕望地等待下一秒傳來劇痛。

然而，他感覺束縛住四肢的力量瞬間消失了，竟是身上繩子突然自行斷掉！

安然來不及細想，感覺到繩子斷掉的同時，刀鋒的寒氣也撲面而至。他連忙伸手抓住洪卓軒握刀的手，此時刀子離安然雙眼只有短短的幾公分！

事情發生得太突然，洪卓軒被安然制止後尚未反應過來，便感腹部一陣劇痛，被身下的青年一腳踹開，手中刀子同時鬆脫落地。

直至脫離危險後，安然這才開始感到遲來的恐懼。剛剛那一剎那，他離死亡竟是如此接近。

幸好繩束突然斷裂，安然同時也慶幸之前因為自己老出各種狀況，所以林鋒經常逼他進行簡單的武術訓練。現在青年滿心感激著林鋒的先見之明，不然剛剛也無法這麼輕易擊倒洪卓軒。

被踢倒在地的洪卓軒雖被摔得七葷八素，但卻未受到太大的傷害。安然見對方一臉憤恨地抬首看來，頓時嚇得心頭亂跳，連忙把搶過來的刀子指向對方。

只是洪卓軒的視線沒有看向青年，而是看著青年身後稍遠處，一臉無法置信地驚呼：「是你？怎麼可能!?」

這是安然第一次看到這殘忍冰冷的老人如此失態，就連先前地震（？）時，他也只露出些許驚訝的神色。

安然不禁猜測此刻在自己身後的，到底是怎樣的怪物，竟讓洪卓軒如此失態。從剛才發生的事看來，安然猜測那突然斷掉的繩束，或許正是身後人所為。

他懷著不安的心情轉頭望去，在看清對方模樣時，卻安心地吁了口氣。

他身後的人，是林昱。

雖然先前被對方嚇得不輕，可自從知道林昱與自己的關係後，便了解對方不會傷害自己，因此現在已不再害怕，甚至看到對方鬼魂時，還感到一陣安心與親暱。

只是不知為何，青年這次看到林昱的鬼魂後，心裡生起一陣強烈的違和感……

「你怎會在這裡⁉我明明、我明明把你的魂魄鎮壓住了！」

安然聽到洪卓軒的驚慌質問，這才想起既然林昱的魂魄已被壓在邪神神像下，那麼現在出現在自己身後的鬼魂又是誰？

難道林昱在洪卓軒不知情的狀況下逃了出來？

可是以洪卓軒的心狠手辣，以及二十多年來對某物念念不忘的執著，要是林昱是他成功的關鍵，他一定對鎮壓林昱魂魄一事萬分小心謹慎，絕不可能會如此粗心大意，連對方跑掉了都不知道。

那……這個人……呃、這個鬼魂才對……這個鬼魂到底是誰⁉

他真的是林昱嗎？

可是若他不是林昱，為何頻頻現身幫我？果然是我想多了吧？

這個發現對安然來說實在太震撼，一時甚至蓋過了洪卓軒對他的威脅。當然，這是在他已奪走對方武器的前提下。

就在安然被這突然其來的狀況弄得頭昏腦脹之際，密室的暗門被人打開了！

率先衝進密室的林鋒，二話不說便賞了洪卓軒兩槍。雖然中槍位置只是手臂，算不上致命，但卻有效地限制了對方的活動能力。手臂上的傷口要是不盡快止血，也會有生命危險的。

至於晚林鋒一步衝入密室的白樺，則是迅速來到安然身旁把人護著，並上下打量青年一番，確定對方沒事才吁了口氣。

安然看著林鋒與白樺果斷迅速的動作，以及分工合作時展現出來的默契，覺得這兩人真是帥斃了！

最重要的是，他們的出現對安然來說真是及時雨呀！雖然他已將局面扭轉過來，可是面對洪卓軒這個變態，他真的心裡沒底啊！

現在看到林鋒兩人，實在特有安全感啊～

至於會不會覺得林鋒出手過於狠辣？開什麼玩笑！沒聽過「對敵人仁慈，便是對自己殘忍」這句話嗎？

如果洪卓軒只是個普通的老人，也許林鋒他們衝進來把人撂倒就行，還可以省下兩枚子彈。

可是洪卓軒是誰？要論心狠手辣，相信鮮少有人能夠比得過他。

一般人殺人，再怎麼折磨都只是生前折磨，但洪卓軒卻讓人死後也不得安寧。再變態的殺人犯，在洪爺面前都得送上膝蓋。

即使現在洪卓軒雙臂被子彈貫穿，安然卻仍不放心，總覺得這人就像條毒蛇，躲在陰暗的角落，趁人們不注意時撲出來咬人一口！

果然最了解自己的是敵人嗎？安然才正想著此事尚有變數，彷彿印證他的想法般，受了傷的洪卓軒突然噴出一口鮮血！

異眼房東の日常生活

第十章・封印

被子彈擊中後，洪卓軒過了好一會兒才從中彈的痛楚中緩過來。他並沒有因劇痛而暈倒，但從那痛苦的喘息，以及緊繃且細微抽搐著的肌肉可以看出，他承受巨大的痛苦，並不似表面那麼平靜。

但、但也不至於突然噴血啊啊啊！

話說你受傷的是手臂對吧!?

想不到原本好好的洪卓軒竟突然狂噴鮮血，眾人皆被嚇了一跳。而那恐怖的出血量實在太驚人，看那噴得老遠的血跡，安然懷疑這人是否把體內的鮮血全都噴了出來。

看到洪卓軒有所動作的瞬間，白樺與林鋒還以爲對方要反擊，連忙拉著安然退得遠遠的；也幸好他們反應快，才沒被噴得滿臉是血。

隨即，在三人目瞪口呆的注視下，大量灑落地面的鮮血竟凝聚起來，成了三個人形！

安然表示：還可以這樣？他與他的小夥伴全都驚呆了！

然而敵人可不會讓他們有反應的時間，只見這三個血人發出一陣刺耳的尖叫聲後，便像出柙的猛獸般朝安然等人衝去。

洪卓軒剛才是噴了很多血沒錯，然而看這些血人的大小，絕不只有剛剛他所噴出的血量。安然不知道這是否爲某種邪術的效果，而現在他們也沒有心力來想這些事了。

血人外表雖是人形，然而雙手卻是鐮刀的模樣，使它們的殺傷力大增。而最要命的是，這些血人也像嬰靈一樣不怕受傷。當白樺看到鮮血凝聚成人形時已心知不妙，立即當機立斷地賞了它們一「人」一發子彈。然而那些子彈皆無一例外地穿過了血人，雖使它們動作略微停頓，卻無法造成任何傷害。

幸好血人的速度不快，但看著它們一步步緩慢前進，恐怖感卻更強烈了。

洪卓軒噴出一口鮮血後，似乎耗盡了所有生命力，只見他以肉眼可見的速度逐漸老化，原本光滑的皮膚迅速乾枯，炯炯有神的雙眼也失去了神采。要不是胸口仍有些微起伏，安然幾乎以爲他是個死人！

感受到安然的視線，洪卓軒仰起臉，向他露出一抹充滿冷意的笑容。

安然一秒移開視線。

當洪卓軒向他咧嘴而笑時，安然清楚看到他滿口都是血……

這笑容特嚇人有沒有！

雖然那染血的笑容很嚇人，不過看到對方這副油盡燈枯的模樣，安然還是安心了不少。雖然這麼想似乎很失禮，但至少現在這人已沒有餘力再添亂了吧？

血人動作雖不快，可是攻擊對它們無用，加上不知疲憊這點，再繼續下去，此消彼長的情況下他們終會被這些血人擊殺！

由於所有攻擊都會直接穿過血人，因此安然等人只能引著血人繞密室跑。雖然這場景看起來很好笑，可是身為當事人的安然卻完全笑不出來。

「這到底是什麼東西？是鬼魂嗎？要是世上的鬼都那麼強，那還需要警察幹嘛？」林鋒隨手拿起放在神壇上的毛筆往血人身上擲，看著穿體而過的東西，他蹙著眉冷哼道。

身為被提及的警察一員，白樺聞言挑了挑眉：「警察的確是沒什麼用，所以我現在就不打擾了。」說罷，還真的轉身便丟下張牙舞爪的血人不理，一副要置身事外的瀟灑模樣。

林鋒一窒，想不到這傢伙竟然說不幹便眞的撒手不幹了，對方離開戰鬥後，頓時覺得壓力大增。

林鋒可不是會爲了面子而不顧全大局的人，而白樺就是故意等著林鋒向自己服軟。可惜他忘了被血人追殺的除了他與林鋒外，還有一個安然。

「白警官！救命呀！你大人有大量，鋒哥他不會說話，但沒有惡意的，你就原諒他吧！」

見安然邊呼救邊笨拙地躲避血人的追殺，白樺嘆了口氣，一臉無奈地朝差點抓中安然的血人來上一刀。雖然無法對它們造成傷害，但卻使血人動作停頓了瞬間，足以讓安然逃離。

「再這樣下去，體力耗盡前，武器就會先不能用了。」林鋒邊說，邊揚了揚手中的短刀。

被血人追得暈頭轉向、喘吁吁的安然，這才發現林鋒與白樺手中的刀子已不復一開始的鋒利光潔，全被侵蝕出無數細小的缺口。

此款刀子安然也佩有一把，聽林鋒說，這可是最新研究出來的超強合金……這些血的腐蝕性，只怕比硫酸還要厲害吧？

幸好他們當初夠謹慎，並沒有輕率地直接接觸這些血人，不然以人類的血肉之軀，只怕不是被侵蝕出一些小缺口，而是深可見骨的傷口了！

現在他們還能用刀和子彈阻擋血人的攻擊，可是刀子總會被侵蝕變鈍，子彈也有用盡的時候，屆時就只能用奔跑來躲避血人的攻擊，到那時，便只剩下絕望了。

他們必須在山窮水盡前，找到改變此情況的方法。

而最有希望做到這點的，並不是武力值最高的白樺與林鋒，而是能看見各式各樣神奇事物的安然！

安然也知道這點，他壓下心頭的焦慮，邊閃避血人的攻擊邊四處張望，尋找能夠改變現狀的契機。

青年焦急的視線在掃過邪神神像時，倏地一頓。

只見在林鋒他們闖進密室時便消失蹤影的林昱，不知何時再度出現了。神像的存在似乎讓林昱的鬼魂十分忌憚，安然清楚看到林昱靠近神像時，魂魄變得有點散亂，顯然是魂魄不穩定的狀況，但林昱仍是盡力貼近神像，並伸手指著神像那有著第三眼的額頭。

安然順著林昱的指示看去，卻在目光觸及神像額上的重瞳時感到一陣暈眩，步伐不穩地差點摔倒。要不是林鋒與白樺反應快、護著他，也許安然已被血人抓到。

這也太邪門了！

安然遭受神像的暗算，吃驚過後反而一臉喜色。突如其來的攻擊，讓他更加確信神像的確有問題！

安然穩住心神，再次看向神壇上的神像，果然，視線觸及神像時又感一陣暈眩。青年知道現在絕不是退縮的時候，連忙心一橫，用力咬下舌尖，頓時痛得眼淚流了下來。然而劇痛卻也使他暫時保持清醒，顧不得滿嘴血腥味，立即集中精神看向神像的眉心位置。

只見神像的第三眼隨著安然的注視，慢慢浮現出一團暗紅邪光。安然眨也不眨地盯著那團光芒，看到一些像蜘蛛絲般的暗紅絲線從這團邪光中延伸出去，連著三個不知疲倦般、向他們攻擊的血人。

原來如此！洪卓軒只提供了鮮血，那些血人是由邪神操控的！

那是不是代表，只要破壞神像，便能阻止它們的攻擊!?

安然連忙把他的發現告訴林鋒二人；林鋒聞言，毫不猶豫便往神像衝去，同時，白樺也迅速做出反應掩護林鋒。安然見狀，慢半拍地反應過來，不繼續逃了，而是略帶緊張地攻向最接近他的血人，努力爲林鋒爭取時間。

血人速度本就不快，再加上林鋒實力強悍，沒有太大懸念的，血人未能阻擋林鋒前進，讓他成功來到了神壇。

然而當林鋒伸手想破壞神像之際，一股神祕力量突然以神像爲中心爆發，把林鋒擊飛開去，狠狠砸在牆壁上！

即使身體質素強悍如林鋒，也因這股強烈衝擊而受了傷，暫時失去活動能力。要不是有安然與白樺掩護，只怕現在已被血人撕碎了。

「鋒哥！」安然率先跑到林鋒身邊，將人從地上扶起，讓對方倚牆而坐。

「我沒事，只是無法繼續活動了。」林鋒按住肋骨位置，除了在一開始露出痛苦的神色，目前之後便一直維持淡然的表情，使安然無法得知他的傷到底有多重，只是，看對方目前無法站立，顯然傷得不輕。

「你肋骨都斷了兩根，這還叫沒事？」失去林鋒的武力支持，白樺頓時感到吃力。更何況現在不宜移動林鋒，他們再也不能繞著血人逃跑，只能站在原地讓這些危險的敵人慢慢接近。

此時，白樺突然毫不客氣地奪過林鋒的匕首，就連收在衣服裡的手槍等武器也沒有放過。

安然目瞪口呆地看著白樺伸手把林鋒摸了一遍，並搜出一堆小山般的武器……

這些東西，之前到底藏在哪裡!?

而且，白警官，你這樣理所當然地對鋒哥上下其手好嗎？你看不到他的臉都黑掉了嗎!?

雖然心裡的小人正在咆哮著，可是安然此時可不敢亂說話，總覺得現在無論說什麼都是錯的，甚至還故意移開視線，不去看林鋒疑似被白樺吃豆腐的一幕。

開什麼玩笑，誰敢盯著看下去？即使只看了一眼，也怕事後被林鋒滅口啊！

白樺搜了一輪後，見到安然那副尷尬的模樣，不禁翹起了嘴角，覺得這孩子真逗：「安然，你看著他，我過去試試。」

安然聞言嚇了一跳，連忙拉住就要往神像方向衝去的白樺。林鋒被神像擊飛的那幕在白樺看來也許莫名其妙，但安然卻看到在林家二哥朝神像伸手時，神像眉心上第三眼的暗紅光芒突然大增，瞬間便將林鋒擊飛了。

面對邪神的力量，安然認爲白樺並沒有勝算。即使白樺再強大，但面對這些未知的力量，也只是一無所知地蠻拚而已。

「白警官，讓我來吧！我有辦法。」

白樺並沒有因安然弱小的武力值而小看他，聞言後，鄭重地詢問：「你確定？剛才那一下衝擊力道並不小，你看他就知道了。」說罷，白樺略帶輕佻地往林鋒指了指。

白樺的話安然不是不明白，林鋒無論是攻擊力或反應力都比自己強得多，卻還是被神像擊飛，落得重傷的下場。要是這狀況落自己身上，絕不只是斷掉兩根肋骨而已！

但安然相信，即使由白樺上陣，也只是向敵人送菜罷了。雖然心裡不是不害怕，但身爲一個男人，這時也只得硬著頭皮上了！

「我可以的！鋒哥他，以及接下來的掩護，就拜託你了！」

林鋒聽著兩人的對話，皺起了眉，雖然擔心，卻沒有阻止青年冒險：「既然你有信心，那就給我好好幹！」

白樺也笑道：「放開手腳去幹就好，那幾個血人就交給我吧。」

安然點了點頭，隨即深吸了口氣，奮力朝神壇衝去。

相較於林鋒的速度，安然可說是慢得像龜爬一樣。然而面對迎面而來的血人，安然卻理也不理地直衝過去；而快被血人觸及之際，血人便被白樺用自動步槍擊射得連連退後，完全無法碰到安然，哪怕一根頭髮！

有驚無險地來到神壇前，安然像林鋒一樣往神像伸手抓去。

果然如安然所料，隨著伸手的動作，神像眉心第三眼的紅光頓時大增，眼看便要像對付林鋒時一樣，將安然擊飛了！

就在這千鈞一髮之際，安然伸出的右手猛然一頓，換拿著某個東西的左手迅速伸向神像。

林鋒與白樺在防備血人的同時，也不忘把注意力放在安然身上，見青年把抓著東西的左手按在神像額頭時，他們清楚聽到了平空出現一陣憤怒的尖叫，這聲尖叫充滿怒火與恨意等負面情緒。

只見安然的身體在這聲尖叫中晃了晃，同時也露出了被他身體所遮住的東西——被他貼在神像上的，正是一道寫著「封」字的符紙！

安然一咬唇，強忍不適地舉起眼前的邪神神像，用力往地面砸去。

「不——」隨著洪卓軒的慘叫，神像被安然砸成碎片。神像摔毀的瞬間，洪卓軒再次噴出一口鮮血，之後便倒在地上不醒人事。

同時，血人無法再維持人形，回歸成鮮血狀態；而貼在神像上的符紙，亦像是完成了使命般，從神像上脫落，緩緩飄落於地……

事情總算塵埃落定，安然抹了抹剛剛因痛苦而咬破的嘴唇，看著滿手鮮血，不由得苦笑起來，他這也算是光榮負傷吧？還真的滿痛的……

回頭確認了下林鋒與白樺的安全後，安然再次把注意力放回地面的神像上。

現在神像已沒有先前給予安然的那種壓迫感，看起來只是一堆普通的碎片。安然撿起地上的符紙，這符紙正是當初唐銘用來封印小肉本的，當時他想著也許能封印邪神的力量，便死馬當活馬醫地用了，想不到還眞的行得通。

橫看豎看，這都只是張普通的黃紙，可是在他把符紙按在神像眉心時，符紙便自動牢牢貼了上去，卻又在神像砸破後自行脫落；先不想它的封印功效，光是這一點，便已很不可思議了。

安然看到符紙上原本清晰可見的「封」字，現在像是遇水般化掉了。同時他也感覺到，原本在符紙上一直若有似無傳來的力量已消失無蹤。也許這符紙封印神像後，便喪失了力量。但安然還是懷著感謝的心，妥善收起這張救了他們一命的符紙。

安然撥弄了下地面上的碎片，再次確定神像那股令他心悸恐懼的力量眞的消失了後，便不再關注這些碎片，而是走到神壇前，取出被壓在神像下不知多少年的盒子。

安然並沒有發現，他抹掉嘴上的血時，手指頭上殘留的血跡在觸碰到木盒時迅速融入其中，很快便不見絲毫痕跡；而貼在木盒符紙上、那些張牙舞爪的「咒文也變得模糊，就像先前唐銘那張失去法力的符紙一樣。

安然迫不及待撕毀貼在盒面上的符紙，並將木盒打開。當青年看到盒子裡的東西時，不禁露出憤怒的神色。

盒中有著一些灰白色的灰燼，以及一個寫著生辰八字的娃娃。

綜合洪卓軒先前提及林昱被他鎮壓的話，安然不難猜測這生辰八字是屬於誰的。盒裡看起來平淡無奇的灰燼，安然懷疑那正是林昱的骨灰！

而這些東西，自然是將這年紀輕輕便枉死的少年魂魄，殘忍束縛於此的物件！

雖然安然與林昱的鬼魂僅有幾面之緣，可是對方卻多次出手幫助他。一想到那個與自己十分相像的少年，死後還被人挖墳，青年對洪卓軒的怒意便更深了。

安然是個好脾氣的人，可是洪卓軒多次傷害他身邊的親人，青年斷然無法原諒！

垂首看著木盒中的生辰八字與骨灰，雙目醞釀著風暴的安然，在抬頭瞬間卻愣住了，看著站在面前的人呆呆發怔。

那是一張安然熟悉的面容，與他的容貌相像、卻又年輕得多，帶著年少之人顯而易見的青澀。

是林昱。

而且……是兩個林昱！

兩個長相一模一樣的少年站在他身前，此刻的林昱不再如先前般面無表情，而是朝安然露出溫柔的笑容；帶著離別的灑脫，兩個面容相像的鬼魂漸漸化成了一道白光消失了。

安然呆呆地看著兩個鬼魂消失於眼前，心裡有著親人離去的悵然若失，卻也帶著因對方靈魂能夠安息的欣喜。

過了良久，安然待心情平復些許後，這才抹了抹不知何時已流了滿臉的淚水，拿著木盒走到林鋒他們身邊。

林鋒與白樺自然看出安然的異狀，只是他們知道安然總是能看見別人看不見的東西，因此倒沒有因他奇怪的表現而太驚訝。見安然傷心的模樣，他們也很體貼地沒有詢問。

白樺拍了拍安然，眼中盡是欣賞：「安然，做得好！」

林鋒也毫不掩蓋眼中的欣賞。這次事情能夠圓滿解決，安然絕對功不可沒。

安然愣了愣，看到兩人充滿讚賞與鼓勵的目光後，總算再次展露了笑顏。

異眼房東の日常生活

尾聲

洪卓軒被林鋒等人抓住的那天，一直陷入昏迷的林陽與林俊相繼甦醒了。聽到安然他們這段時間發生的事，林陽這才知道自己並不是生病，而是遭到術士暗算，而且事情還涉及到多年前林昱死亡的眞相。

林陽立即展現鐵血的一面，不顧家人勸阻，在進行簡單檢查、證實身體已經無礙，只是因昏迷而比較虛弱後，隔天一早便出院，親自審問洪卓軒。

安然並未加入審訊行列，但他知道以林家人的手段，對方絕對討不了便宜。至於安然會不會覺得林家動用私刑不妥，只要想到那些在洪卓軒手下枉死、被他驅使的怨靈，青年便完全生不出絲毫同情心。

何況身爲警察的白樺也沒有說什麼，對這事睜隻眼、閉隻眼呢，他這個小老百姓，就更加不會爲這種人面獸心之人求情了。

當審問完洪卓軒的林陽等人再次出現在安然面前時，他知道自己接觸眞相的一刻終於來臨了。

洪卓軒經過此事後功力盡失，再加上多年所盼無望的雙重打擊下，更是萬念俱灰，沒有了反抗的心思。林陽他們沒花多少工夫，便讓他把這些年所做的事都吐了出來。

眞相與安然所猜想的相差無幾，林昱的確是洪卓軒害死的！

因爲功法的關係，洪卓軒開設了一間療養院，目的是爲了方便他隨時找到適合的「材料」。畢竟有療養院的掩護，他處理屍體等事方便許多。

而且在那個年代，被社會認爲是「瘋子」的人，其實很多都有著特殊能力。用這些人的靈魂來修煉，對他而言可謂事半功倍。

尤其是那些擁有陰陽眼的人，他們的靈魂本就偏陰，對洪卓軒來說，絕對是優秀的材料。

不過他也有分寸，知道進入療養院的人皆非富即貴，因此都是等對方離開療養院後才痛下殺手。

那些受害者最終的下場，不外乎都是治好一段日子後，突然受到刺激而自殺，誰也不會想到，他這個手無縛雞之力的文弱醫生會是凶手。

後來，洪卓軒發現了林昱。

一開始，他也把林昱視爲陰陽眼的擁有者，可是很快地，他便發現自己錯了。

林昱擁有的，是天眼！

林昱這種天生的通天才能，與能看到陰魂的陰陽眼不同。他能不經修煉便輕易看穿事物本質，並看到千里外的景物，甚至查看未來的軌跡。

當然，天眼雖然很罕見，但在世上也並非沒有其他人擁有。只是那些人要不是活佛、或者擁有很高地位的修行世家嫡系，不然便是後天修煉極致所成，對洪卓軒來說都是惹不起的強者。

現在難得遇上一個不懂得運用自身能力的林昱，再加上林家對這種力量一無所知，洪卓軒又怎會放過這個大好機會呢？

只是天眼與陰陽眼不同，擁有天眼的無一不是福澤深厚之人。洪卓軒覬覦這種力量絕對是逆天而行，與將靈魂煉成怨靈驅使這種有傷天和的小打小鬧不同，覬覦上天寵兒所受到的報應，將巨大得他無法承受。

可是洪卓軒的野心，使他不甘心就這樣放棄唾手可得的強大力量。他忍住立即動手的衝動，先將林昱引進他的療養院，然後再研究對方的力量，並努力想辦法將其天眼據爲己有。

偏偏林昱是個聰敏的少年，很快便察覺洪卓軒不懷好意，想方設法地逃出去。洪卓軒把人抓回後再也不敢拖延，只得使出尚未研究成熟的法術，可最終卻讓林昱當場死亡，法術失敗收場。

於是洪卓軒便扣留林昱的魂魄，並營造少年跳樓自殺的假象。所幸當時林昱在林家人眼中就是個瘋子，因此他的死亡並沒有引起任何人懷疑。

往後二十多年，洪卓軒一直致力研究林昱的靈魂，想找出他到底與別人有什麼不同之處，然而研究還未有成果，安然就出現了。

一開始，洪卓軒並未太關注安然，只認爲他是個擁有陰陽眼、湊巧處處壞他大事的普通人。可是後來他發現，安然看到的不只是鬼魂！

這個青年，竟也擁有天眼的能力！

雖然安然的力量與林昱相比簡直天壤之別，但相對來說較容易奪取。而洪卓軒有自信，只要奪取了安然的能力，再靠自己後天的修煉，一定能到達林昱的程度。

錯過一次的過去造成洪卓軒的執念，他對安然的眼睛絕對勢在必得。

於是便有了襲擊林家，引誘安然到小屋試圖奪取他的天眼一事。

爲了奪取安然的天眼，洪卓軒可謂煞費心思。不僅用自己當誘餌，還設了這麼一個局，把林家都牽連進來。就連安然也覺得，自己這個小人物何德何能讓人這麼計算呢？任誰看到洪卓軒這一連串行動，都會以爲他的目標是林家，而絲毫沒有自覺自己才是目標的安然，被人成功抓住也是理所當然的事了。

另外，洪卓軒也招了，除了那間曾是療養院的廢棄工廠外，他還有多個老巢。甚至那棟眾人一直認爲是洪卓軒爲了躲避林家追捕而暫租的屋子，其實也是他多年前便已安置的產業，不然屋裡又怎會有間如此隱蔽的密室呢？

這種事，憑林家的實力，若是仔細調查，便能讓它無所遁形，只是洪卓軒神鬼莫測的手段實在給林家一個措手不及，結果吃了個大虧，幸好最終是有驚無險。

林陽得知眞相後，眞的差點忍不住把洪卓軒殺了。這人不僅殘害他的小兒子，甚至還把主意打到外孫安然身上！幸好安然福大命大，最後能夠化險爲夷。

聽過洪卓軒的供詞後，安然不禁想起林家曾是一個歷史悠久的術士世家，只是在文化大革命時期遭到打壓，後來遷移到香港居住。

洪卓軒說過，天生擁有天眼的人少之又少，都是福澤深厚之人，而且大多出自於修行世家，又或者由強大的靈魂所轉世。林家有了一個林昱後，現在又出了一個安然，說不定在過往的那些年代，林家在修行界中也曾是個不得了的家族。

可惜在那個年代有太多珍貴的古老智慧遭到抹煞，現在要追查，已是不可能的事了。

看著若有所思的安然，林陽拿出一張滿是摺痕、被撕破一半的合照，遞給了青年：「這照片藏在那個寫有小昱生辰八字的娃娃裡，也是小昱生前拍的最後一張照片。洪卓軒那個混蛋拿了他的照片、生辰八字和骨灰作爲法術媒介，將小昱鎭壓在神像下多年。」

說罷，林陽冷笑了聲：「他原本還自恃扣壓著小昱的魂魄，打算以此爲籌碼來與我們談條件，當我們說到你的鮮血誤打誤撞解除了封印時，他還歇斯底里地高呼不可能。」

照片還藏在娃娃裡面時，安然完全察覺不到它的存在；接過照片、看到上面的影像後，他連忙拿出一直放在錢包裡的半張相片，把這兩張各自缺失了一半的照片放在一起。果然如他所想，拼合得天衣無縫！

照片上是兩名並排而站的少年，他們有著一模一樣的容貌，同樣的衣著和髮型，使人難以分辨誰是誰。

安然拿著照片的雙手止不住地顫抖，他雙目眨也不眨地凝望著照片中兩張與他非常相似的容貌，道：「也許……也許洪卓軒的法術原本是無法輕易破解的，只是他的封印，從一開始便不完整。」

說罷，安然將這張合照轉過來，讓眾人也能看到照片上的影像：「照片中的兩人，其中有一人是母親，另一人便是小舅舅吧。洪卓軒誤把母親的照片當成是小舅舅的，放進了娃娃裡面。材料弄錯了，封印自然達不到他預期的效果。」

林俊看著照片中兩名一模一樣的少年，目瞪口呆地說道：「可是，姑姑她為什麼要裝扮成小叔的模樣？」

林陽嘆了口氣，垂首沒有說話。林晟見狀，壓下心中的悲傷，解釋道：「因為當年小昕想帶小昱逃走，故意把長髮剪短，穿著與小昱一模一樣的衣服，以圖能偷龍轉鳳，可惜最終功敗垂成。」

如果當年林昕能夠成功，說不定林昱便不會死，更不用在死後還受到靈魂被人鎮壓之苦。

相較於林陽等人的感慨，安然想到的更多。也許，經常在他身邊現身、一直以爲是林昱的鬼魂，其實就是他的母親林昕！

雖然因拿錯了照片而使封印力量減弱，但林昱的靈魂仍受著鎮壓之苦。於是林昕的鬼魂化身成自己生前僞裝林昱時的模樣，引導安然展開調查。至於安然那微弱天眼的能力，說不定也是林昕故意引導出來的？

照片中的兩個少年，他們相似得宛如一人。他們在拍這張照片時，一定預料不到這將是他們在世上的最後一張合照吧？

恍然間，安然看到兩名長相一模一樣的少年，正看著鏡頭拍下照片。

左邊的少年朝鏡頭微笑，右邊的少年雖然勉強笑著，卻顯得心事重重，表情遠不如他的同伴鮮活。

左邊的少年走到相機前拿起照片，看著上面逐漸浮現出來的影像，他微笑著露出滿意的神色，隨即將照片撕成一半，把印有對方容貌的那部分收起，有著自己容

貌的那一份，則交給與他一起拍照的少年。

「我們依計行事，小昱，你放心，我會保護你的！不要怕，拿著這張照片，就像我在你的身邊一樣。」明明是少年的外貌，然而開口時，卻是少女的嗓音……

安然眨了眨眼，眼前只剩下手中老舊的照片。然而雙胞胎在一起時那種溫馨、默契與信任的氣氛，卻彷彿穿過了時空留存下來，讓安然眼眶變得酸澀。

我會保護你的！

她，眞的做到了。

□

新的一年，萬象更新。而安然，也眞的展開了新的生活。

回到香港後，安然辭去了公司職務，接手了一間林家名下的小公司。此後有很多東西需要學習，每天過得忙碌而充實。

雖然一開始從一個小員工變成老闆，難免手忙腳亂，但他勝在年輕，對新事物的接受能力強，而且願意努力，結果公司的業務很快就上手了，而且還取得不錯的成績。

若是以前，安然覺得錢夠用就可以了。可是自從與欣宜戀愛後，爲了配得上這位從小被嬌養長大的王大小姐，安然可說是豁出去了。然而努力著努力著，還眞被他努力出樂趣與成就感，果然愛情的魔力是強大的！

最終林家沒有取洪卓軒的性命，選擇把他交給白樺，只是以對方多年來草菅人命、販賣器官等劣行，也足以判他死刑了。

另外洪卓軒被捕後，當時唐銘還特地去見他一面，並確定他已失去了一身法力。沒有邪法護身，那些原本受洪卓軒驅使的怨靈正圍繞在他身邊，使他變得瘋瘋癲癲的。

而怨靈纏身，是洪卓軒自己種下的惡果，因此只要這些怨靈不傷及無辜，其他術士是不會理會祂們的。可以預想，即使對方將來被判了死刑，只怕死後也會不得安寧。

現在事情已告一段落，「監視」安然的任務結束，林鋒決定要搬回林家了。反倒是林俊依然賴在安然家，據他解釋，住在安然這裡比林家自由，而且假日還能吃到安然煮的飯。

「今天是鋒哥在這裡的最後一天，安小然你就辛苦一點，煮一頓豐盛大餐吧！我想吃東坡肉、炸雞、紅燒牛腩……」

對於這個老纏著自己下廚的青年，安然覺得其任性的程度簡直就像個未長大的孩子。當初見面時，怎會覺得他是個又酷又俊的帥哥!?

而且，怎麼點的全是肉啊？

再怎麼喜歡吃油膩膩的東西，也有個限度吧!?

「我說過不許點餐！而且鋒哥都搬回去了，你怎麼還留在這裡啊？」

林俊整個人癱軟在沙發上看電視，完全沒有在學校裡的校草英姿：「別只說我，你當了老闆後，我還以為你會買棟別墅來住住呢！說起來，我不就是怕搬走後，安小然你一個人住會哭鼻子嗎？要是你又被鬼追，我在的話，好歹能有個照應。」

「誰會哭!?而且我現在都看不見鬼魂了，根本不需要你！」

自從解放了林昱的靈魂後，安然便失去了見鬼的能力，其他的東西就更是看不到了。

也許眞如唐銘所言，他與洪卓軒天生註定要有一戰。而他的使命結束後，上天便會還予他平靜的生活了吧？

安然認爲這樣也好，或許天眼眞是一種很方便又強大的能力，但他卻不希望再被洪卓軒一樣的傢伙盯上了。失去那種能力，也許對他來說反而是好事。

而且不知是否錯覺，安然總覺得這段時間的運氣特別好，簡直到了過馬路完全不用等，每次都正好遇上綠燈的情況！

所以說，身具天眼之人，都是福澤深厚嗎？即使他現在已沒有這種能力，但運氣似乎仍然不錯。

坐在林俊旁邊看電視的劉天華，聞言後誇張地一手撫著胸口，一手抹去不存在的眼淚：「安小然，你怎麼這樣狠心呢？阿俊太可憐了！嗚～～想不到我竟然親眼目擊負心漢拋棄糟糠之妻的一幕……」

「誰是我的糟糠之妻啊？而且你爲什麼會在這裡!?」安然無力地垂下肩膀。

劉天華笑嘻嘻地托了托眼鏡：「今天鋒哥不是要搬走嗎？我想你好歹也會煮一餐比較豐盛的來送行。」

「……」所以又是一個來蹭吃蹭喝的？

此時，妙妙朝大門吠叫幾聲，隨即門鈴響起，安然連忙上前打開大門，只見門外站著拿著行李的王欣宜。

「欣宜，妳……要去旅行嗎？」見少女拉著行李箱走進來，安然心裡生起一股不祥的預感。

王欣宜甩一甩頭髮，理所當然地說道：「我要搬進來住！」

安然以為自己聽錯了，而林俊與劉天華立即把原本盯在電視機上的視線移過去，就連林鋒那正在喝水的動作也一頓，屋裡瞬間陷入詭異的沉默，只有電視機發出的聲響。

過了一會兒，安然假咳了聲，道：「欣宜，妳就別開玩笑了。」

如果欣宜要搬來與我同居，我也很高興……不、不！這絕對是不對的！欣宜還未成年啊！

要是被王家夫婦知道……想想都覺得超可怕！

其實也不用等王家夫婦知道了，現在鋒哥的眼神便已經超有殺氣QAQ

看著我的表情，簡直像看著誘騙無知少女的變態啊！

安然連忙向王欣宜使眼色，希望女友能夠收回她的驚人要求。

小欣宜，求放過！

可惜王欣宜並沒有與安然達到心有靈犀的程度，依舊堅持己見：「誰與你開玩笑？我要住在這裡！」

「爲什麼？」一旁事不關己、高高掛起的劉天華，好奇詢問。

「因爲我絕不放心安小然與林小三住在一起！」王欣宜嬌氣地伸手一指，頗有女王的架勢。

眾人隨著王欣宜手指的方向，看向被她指著的林俊。

見林俊完全狀況外的表情，劉天華都笑得打滾了：「哈哈！林小三……這名字改得好！正好阿俊還眞的排行第三，果然是天生的小三嗎？哎唷，笑得我肚子痛……林小三，怎麼鋒哥都搬走了，你還硬是要賴在這兒？你這個纏人的小妖精！」

聽著他們再次吵起來，安然苦笑著搖了搖頭，認命地走進廚房多煮幾道菜餚。其中還要有東坡肉、炸雞、紅燒牛腩……

將來的事會怎樣他不知道，可是現在，安然卻完全沒有想要搬走的意思，即使他已經有條件擁有更好的居住環境。

在這裡，有很多美好的回憶，有著他與父親一起生活的童年，也是在這裡，結識了天華、鋒哥、阿俊、欣宜等在他的生命中，佔了很重位置的人。

而他也是在這屋子裡，初次看見了母親的鬼魂。

安然有時覺得，當時他在家裡看到的並不是母親的鬼魂，而是母親那顆想要保護胞弟的心。

安然抬頭看向客廳，組合櫃裡放置的照片中，除了原有的舊照片外，還多了不少新拍的照片。

其中的一張雙胞胎合照，原本被撕開一半的照片，已被安然高價找專人修復。照片中的兩人，看起來就像從未分開過。

另外還有不少這一年來的生活照，正在健身的林鋒、與妙妙玩鬧著的林俊、安然與王欣宜兩人泛著粉紅泡泡的合照……

他捨不得離開這裡。

這個充滿歡笑與淚水的家。

《異眼房東的日常生活》全系列完

後記

不知不覺，又一套系列圓滿結束了！（撒花～）

感謝各位對《異眼房東的日常生活》的喜愛與支持，希望這一年來安然等人能夠為大家帶來閱讀的樂趣！

雖然《異眼06》完結後，還有《夜之賢者》須要努力，但我也是時候開始構思新的小說了。接下來，大家希望看我寫怎樣的小說呢？

歡迎各位到我的臉書留言，給予我各種提議喔！

最近發生了一件令我很苦惱的事，家裡的小狗Trouble，在眼睛位置長了一顆頗大的瘡。看醫生後，醫生說是因為牠的牙齒壞了，因此影響到眼睛而出現問題。

聽到這個結論時，我覺得很不可思議……想不到牙齒出問題，竟然會在眼睛的位置顯現病情!?

眞是長見識了！

因爲Trouble已十四歲高齡，無論照X光還是拔牙都須要麻醉。偏偏這麼大年紀的狗狗，進行麻醉會有很大的危險性，因此醫生建議還是先吃藥，如果能夠成功消炎的話，那便能不用麻醉動手術。

可惜事與願違，Trouble吃了兩星期的藥，眼部的瘡還是沒有如願消去。長期吃藥已令牠變得沒胃口，平常喜歡吃的東西也吃不下，而且眼睛也一直不舒服，看得我快心疼死啦！

現在暫時只能以觀察爲主，希望Trouble眼睛的瘡能夠盡快消去吧><

我很喜歡小動物，然而飼養寵物眞的是一個很重大的責任。從把牠們帶回家的那天起，便必須肩負牠生命中大大小小的一切事情。

身爲主人，除了負責陪牠玩、給予牠舒適的環境，當牠生病了，也要帶牠去看醫生……

隨著家裡狗狗年紀愈來愈大，近年愈發感受到照顧牠們的責任重大。雖然養寵物有很多令人苦惱之處，但從牠們身上所獲得的快樂，卻是沒有任何東西能取代。尤其是與人類互動較多的小狗，這些年來都已經把牠們視爲自己的家人了！

如果大家想養寵物的話，也請要照顧牠們一生一世喔！

也許偶爾會覺得毛孩子很頑皮、有點煩人，可是牠們給予主人的，卻是滿滿的愛，讓人怎能不愛牠們呢XD

剛度過了四年一次的生日，那天收到不少讀者的祝福與賀圖，想不到大家竟然會記得我的生日，實在令我又驚喜又感動。

雖然今年的生日，正好是《異眼06》的截稿日，因此正處於水深火熱的忙碌中，但看到大家對我的支持，便立即有了趕稿的動力，嘿嘿！

完成了《異眼06》後，便是開始努力《夜之賢者03》的稿子了。希望大家也多支持《夜之賢者》這部系列喔 >3<

香草

香草作品集

異眼房東的日常生活（全六冊）

輕懸疑靈異×更多詼諧吐槽
管他冷酷硬漢健身狂，還是傲嬌無敵高富帥，異眼房東急募見鬼隊友！

安然只是個20歲小會計，父親車禍身亡後，卻意外獲得「超能力」？
只不過，害怕靈異現象的他完全不想要這種見鬼雷達，為了有人作伴，決定火速分租房間當房東……

沒想到上門的兄弟組房客根本奇葩等級，林家二哥孔武有力，職業成謎，令安然直呼「高手」；林家小弟則是離家出走中的大學生一枚，屬性絕對是「傲嬌」！

個性迥異的室友三人，來自靈界的驚險挑戰，精彩有趣、吐槽連連的同居生活，將擦出什麼熱烈火花！？

琉璃仙子（全四冊）

撲朔迷離的預言、一分為二的神力，
史無前例超級尋人任務，黃金單身漢一文二武通通撩落去！

現任神子為追求女孩兒的幸福，竟與鬼王私奔了，還留下好大一個爛攤子！由史上最年輕丞相與左右將軍組成的神使團，只好摸摸鼻子、吞下碎唸，扛起尋找下任神子的艱鉅任務！

意外不斷的尋人過程中，神祕少女「琉璃」突然降臨。她背景成謎，卻武藝、解毒樣樣行，屢屢向神使團伸出援手。

伴隨著危險與希望，吵吵鬧鬧的一行人，即將往預言中神子的所在地，踏出旅程……

香草作品集

懶散勇者物語（全十冊）

史上最沒幹勁的勇者，被迫上路！
據說每隔數百年，眞神會從我們的世界挑選勇者，
肩負拯救異界的艱難使命。但這次的勇者大人，有點不一樣……

夏思思是個絕對奉行「能坐不站、能躺不坐」的17歲少女，卻被自稱「眞神」的神祕美少年帶到異世界！身爲現役「勇者」，也爲了保住小命，只好心不甘情不願地踏上保護世界的麻煩旅程。

誰知道旅程還未展開，思思便被史上最「純潔」的魔族纏上？帶著一夥實際身分是聖騎士、偏偏又很難搞的夥伴，決定兵分兩路行動的新手勇者夏思思，前途無法預測！

傭兵公主系列（全六冊，番外一冊）

脫掉裙子、剪去長髮，誰說公主不能大冒險！
心跳100%，詭異夥伴相隨的刺激旅程！

十二歲離開皇宮的俏皮公主，五年後，遇上了人生的轉捩點！
人家是麻雀變鳳凰，西維亞卻是──「公主」變「傭兵」！！！

一連串恐怖陰謀與噩耗的重擊下，西維亞公主一肩扛起天上掉下來的任務：「解救皇室危機」。

在淚眼矇矓卻有一副好毒舌的侍女「歡送」下，聚集超級天然呆魔法師、知性腹黑與爽朗隨性的青梅竹馬騎士長，西維亞正式展開以守護國家爲名的嶄新冒險。

魔豆文化全書系

醉琉璃／作品

織女系列（全八冊，番外一冊）

揉合神話與青春校園的奇幻冒險！無敵怪咖成員們，以線布結界、以針做武器，不得已訂下契約的一刻，將展開一段名爲熱血的打怪繪卷！

神使繪卷系列（全十六冊）

《織女》二部來襲！不管是神明、人類或妖怪，都大鬧一場吧！
不敬者破壞封印，釋放了不該釋放之物！神使公會曝光，舊夥伴、新搭檔陸續登場——

林綠／作品

Sea voice古董店系列（陸續出版）

毒舌美人店長×呆萌高中生店員，主僕倆不離不棄、血淚羈絆（?）的共患難日常。

眼見爲憑系列（全七冊）

負責打雜的校草喪門，迫於人情加入靈研社，竟捲入一連串不可思議的事件……

天下無聊／作品

殺行者系列（陸續出版）

《殺手行不行》新篇登場！顛覆KUSO想像，超激殺手生涯！新一代殺手履歷國際化。等級提升的阿司，這次將告別菜鳥殺手的身分，迎接威風凜凜的殺手新生活！

殺手行不行系列（全七冊）

網路熱門連載小說，充滿刺激、幽默與爆笑的情節！
一切都從那年收到的生日禮物——德國手槍開始，超幸運的殺手生活於焉展開！

林熹／作品

靈魂通判系列（陸續出版）

少女通判緊急空降，冒險新章正要開啓！
巧妙揉合輕鬆奇幻與天、陰、人三界的世界觀，人界少女橫跨三界的職場冒險記。

米米爾／作品

天夜偵探事件簿系列（全四冊）

少喝了口孟婆湯，留幾分前世記憶。16歲女高中生偵探，首次辦案！

天夜偵探事件簿 非人妖異篇（全四冊）

邏輯能力超人的少女、又帥又能打的武者男友，高中生偵探與妖怪夥伴們，聯手破案！

魚璣／作品——**陰陽侍（全五冊）**

可蕊／作品——**奇幻旅途系列（全七冊）**

倚華／作品——**東陸記系列（全四冊）**

明日葉／作品——**外星少女要得諾貝爾和平獎**

路邊攤／作品——**見鬼社**

國家圖書館出版品預行編目資料

異眼房東的日常生活／香草 著.——初版. ——台北市：魔豆文化出版：蓋亞文化發行，2016.4
冊； 公分.
ISBN 978-986-5987-89-3（第6冊；平裝）

857.7 105003922

fresh
FS106

異眼房東の日常生活 06 京城古宅［完］

作者／香草
插畫／水梨 封面設計／克里斯
出版社／魔豆文化有限公司
地址◎ 台北市103赤峰街41巷7號1樓
電話◎（02）25585438 傳真◎（02）25585439
部落格◎ gaeabooks.pixnet.net/blog
臉書◎ www.facebook.com/Gaeabooks
電子信箱◎ gaea@gaeabooks.com.tw
投稿信箱◎ editor@gaeabooks.com.tw
郵撥帳號◎ 19769541 戶名：蓋亞文化有限公司
發行／蓋亞文化有限公司
法律顧問／義正國際法律事務所
總經銷／聯合發行股份有限公司
地址◎ 新北市新店區寶橋路二三五巷六弄六號二樓
電話◎（02）29178022 傳真◎（02）29156275
港澳地區／一代匯集
地址◎ 九龍旺角塘尾道64號龍駒企業大廈10樓B&D室
電話◎（852）2783-8102 傳真◎（852）2396-0050
初版一刷／2016年4月
定價／新台幣 180 元
Printed in Taiwan

ISBN／978-986-5987-89-3

FS106

異眼房東の日常生活

06 京城古宅［完］

魔豆文化　讀者迴響

感謝您在茫茫書海中選擇了魔豆，您的支持是我們最大的動力。
不要缺席喔，讓我們一起乘著夢想的羽翼，穿越時空遨遊天地！

姓名：　　　　性別：□男□女　　出生日期：　年　月　日
聯絡電話：　　　　手機：
學歷：□小學□國中□高中□大學□研究所　　職業：
E-mail：　　　　（請正確填寫）
通訊地址：□□□
本書購自：　　縣市　　書店　□網路書店
何處得知本書消息：□逛書店 □親友推薦 □DM廣告 □網路 □雜誌報導
是否購買過魔豆其他書籍：□是，書名：　　　　□否，首次購買
購買本書的動機是：□封面很吸引人□書名取得很讚□喜歡作者□價格便宜□其他
是否參加過魔豆所舉辦的活動： □有，參加過　　場　□無，因爲
喜歡出版社製作什麼樣的贈品： □書卡□文具用品□衣服□作者簽名□海報□無所謂□其他：
您對本書的意見： ◎內容／□滿意□尚可□待改進　◎編輯／□滿意□尚可□待改進 ◎封面設計／□滿意□尚可□待改進　◎定價／□滿意□尚可□待改進
推薦好友，讓他們一起分享出版訊息，享有購書優惠 1.姓名：　　e-mail： 2.姓名：　　e-mail：
其他建議：

廣告回信　郵資免付
台北郵局登記證
台北廣字第675號

魔豆文化有限公司　收

103 台北市赤峰街41巷7號1樓

魔豆

魔豆